Les quatre morts
de Jean de Dieu

DU MÊME AUTEUR

ROMANS

Le Sommeil délivré, Stock, 1952 ; Flammarion, 1976 ; J'ai Lu, 1989, 1990.

Jonathan, Seuil, 1955 ; seconde version, *Mon ennemi, mon frère*, Casterman, 1982.

Le Sixième Jour, Julliard, 1960, 1969 ; Presses de la Cité, 1968 ; Flammarion, 1971, 1976, 1986, 1992 ; J'ai Lu, 1990, 1994 ; Librio, 2003.

Le Survivant, Julliard, 1963 ; Flammarion, 1982, 1987 ; J'ai Lu, 1992.

L'Autre, Flammarion, 1969, 1992 ; Castor-Poche, 1981 ; Librio 2005.

La Cité fertile, Flammarion, 1972, 1992 ; J'ai Lu, 2000.

Néfertiti et le rêve d'Akhnaton, Flammarion, 1974, 1987, 1988 ; GF, 1993.

Les Marches de sable, Flammarion, 1981, 1988, 1990 ; J'ai Lu, 2000.

La Maison sans racines, Flammarion, 1985, 1992 ; J'ai Lu, 1986.

L'Enfant multiple, Flammarion, 1989, 1990, 1991, 1994, J'ai Lu, 1999 ; Librio, 2004.

La Femme de Job (récit), Calmann-Lévy, 1994 ; Babel, 1997.

Les Saisons de passage (récit), Flammarion, 1998, J'ai Lu, 2001.

Lucy, la femme verticale (récit), Flammarion, 1998.

Verlaine, l'athlète et moi, suivi de *Le Fauteuil vide* (récits), Paroles d'Aube, 1998.

(Suite en fin d'ouvrage)

Andrée Chedid

Les quatre morts de Jean de Dieu

roman

Flammarion

ISBN : 978-2-0812-3351-5

À mon très, très cher filleul Bernard
et à Marie-Claire, mes petits Suisses si proches,
aux frontières abolies. Je vous aime.

À Matt, mon grand fils que j'admire
et que j'aime tant… et plus.

« *Li cors s'an vet, il cuers séjorne.* »
(Le corps s'en va, le cœur séjourne.)

Chrétien de Troyes

Chapitre 1

L'ULTIME MORT DE JEAN DE DIEU

À soixante-dix-sept ans, Jean de Dieu s'effondra dans le long couloir jaunâtre de l'hôpital, tandis qu'il se dirigeait à petits pas vers le secteur de radiothérapie. Malgré l'insistance d'Isabelita, son épouse, il avait refusé la chaise roulante.

« Marche derrière, ordonna-t-il. Si je meurs, ce sera seul et debout. »

Une fois de plus elle se tut. Une fois de plus. Elle en avait l'habitude.

Quelques instants plus tard, Jean s'écroula sous les yeux de sa femme, sans qu'elle ait pu le rattraper dans sa chute. Médecins, infirmières accoururent. C'était déjà trop tard. Il eut tout juste le temps de murmurer à Isabelita :

« N'aie pas peur, mon amour. Tout se passe bien. J'échappe à la *Salope* – le surnom qu'il donnait à la maladie. C'est mieux ainsi. »

Puis, il s'éteignit sans autre remous.

Telle fut la dernière mort de Jean de Dieu.

*

Un proverbe anglais dit que les chats ont sept vies. Jean disait qu'il en aurait au moins quatre, car il était déjà mort trois fois. La première mort avait été la perte de sa foi catholique. La seconde fut une lente et longue agonie : l'exil de son Espagne chérie en 1936 après la mise à mort par les franquistes du Frente Popular suivie, une cinquantaine d'années plus tard, par l'enterrement du communisme dans le fracas de la chute du fameux mur de Berlin. La troisième mort, c'était celle de sa dernière maladie, la *Salope*.

« Il me reste encore au moins une mort, plaisantait-il la semaine avant son décès. Être vivant est déjà une chance extraordinairement invraisemblable quand on pense que notre Terre n'est pas plus grosse qu'un grain de poussière par rapport à une planète comme Jupiter ! »

*

Tout avait commencé trois ans plus tôt durant les vacances de Noël. Jean avait été surpris et passagèrement inquiété depuis quelque mois par d'étranges pertes de mémoire de plus en plus fréquentes et un essoufflement.

« Je vais vous faire entrer en clinique pour un check-up, lui avait dit son médecin de famille, le docteur Saragan.

— Pourquoi faire, un check-up ?

— En vue d'un éventuel pontage coronarien. On ne sait jamais. Je vous ferai aussi examiner par un spécialiste en neurologie. On ne sait jamais, on ne sait jamais », avait répété prudemment l'homme de l'art.

L'homme de l'art. C'est ainsi que Jean avait baptisé en se moquant le médecin d'Isabelita. Lui-même, avant la soixantaine, ne s'étant jamais senti malade, traitait avec une désinvolture déroutante toutes ces maladies de bonnes femmes.

Après quoi, hélas, il avait dû progressivement se résigner à devenir banalement comme tout le monde. C'est-à-dire, comme disait sa famille, à rabattre son caquet, à découvrir l'utilité de la médecine et à déchiffrer les mystères de la Sécurité sociale.

Deux semaines plus tard, dans sa chambre d'hôpital, Jean, qui était en train d'expliquer à son voisin combien il regrettait d'avoir confié à son cardiologue ses problèmes de troubles de mémoire, fut interrompu par l'arrivée d'un jeune chef de clinique.

Après l'avoir longuement examiné et lui avoir posé des tas de questions bizarres, il le quitta en disant :

« Vous irez demain matin faire un scanner. »

Le surlendemain, le professeur cardiologue vint avec son jeune chef de clinique et le docteur Saragan. Ils s'étaient réunis dans sa chambre pour discuter à mots couverts des résultats inquiétants livrés par le grand prêtre Scanner. La conclusion fut lue à voix haute :

« Il existe un contraste entre l'importance de l'amincissement cérébral cortical avec important élargissement d'espaces péri-cérébraux, important amincissement cortical fronto-pariétal supérieur et la taille normale des cornes temporales. L'amincissement hippocampique demeure modéré. Quelques images de gliose temporale sont juste visibles. Une leucoaracoïdose frontale un peu plus marquée est observée. Il s'agit donc essentiellement d'une atteinte dégénérative corticale de la convexité supérieure, sans atteinte temporale interne significative. »

Après quoi ils s'accordèrent pour conclure que de toute façon il faudrait dans l'immédiat s'occuper de stent et de pontage et remettre à plus tard les problèmes d'ALZ.

Resté seul avec Jean, son médecin lui demanda comment il se sentait et s'il souffrait.

« Bien. Je souffre un peu, mais je me sens bien puisque la souffrance est le dernier nœud vivant. Je suis vivant. »

*

Isabelita se voyait seule à présent. Ayant perdu Jean, elle n'avait plus de raison de vivre. Ayant perdu l'essentiel, elle se sentait béante, absente d'elle-même, perdue, éperdue et tellement seule avec sa déchirure.

Elle aurait aimé crier, se battre, soustraire Jean à cette fin. Elle aurait tant voulu prolonger leurs âges, vivre jusqu'au bout. Qu'ils s'accompagnent mutuellement, longuement, le plus longuement possible, et entrer dans la nuit ensemble en se tenant la main. Devenir centenaire ? Non. Cela lui faisait peur. Atteindre les quatre-vingts ? À la rigueur quatre-vingt-dix ans ? Peut-être ? Pourquoi pas ?

Maintenant il fallait peu à peu envisager, admettre, accepter, le poids de sa main froide, qui n'avait plus de vie, qui n'avait plus de sens. Admettre, accepter, se résigner. Non. Jamais. Ce serait comme trahir. Cela, elle s'y refusait. Elle pleura encore et encore. Il n'y avait plus de fin à ses larmes.

Chapitre 2

La première mort de Jean

Jean disait avoir subi sa première mort le jour où il perdit sa foi catholique. Il avait alors seize ans.

Son enfance se perdait dans la nuit des temps. Jean de Dieu appartenait à une famille de la solide bourgeoisie au catholicisme d'acier digne de celui de la *Riconquesta*. Ce n'était pas un hasard si ses propres parents se prénommaient Isabelle et Ferdinand, en hommage au couple royal qui avait bouté hors d'Espagne le conquérant musulman. Aussi, quand vint le moment de choisir un prénom pour leur futur enfant, sa mère choisit Thérèse, si c'était une fille, en l'honneur de sainte Thérèse d'Avila, et Jean, pour un garçon, en l'honneur de saint Jean de la Croix. Son père n'avait aucune objection à Thérèse (ou à n'importe quel autre prénom s'il ne s'agissait que d'une fille). En revanche, tout en reconnaissant que Jean de la Croix était un grand mystique, Ferdinand lui préférait Jean de Dieu, né une cinquantaine d'années auparavant, qui avait fondé l'ordre laïc * des Frères hospitaliers qui portaient l'habit religieux sans toutefois accéder à la prêtrise.

Pourquoi choisir, à la place de Jean de la Croix, l'un des plus grands poètes du Siècle d'or issu de la noblesse espagnole, un orphelin portugais devenu berger puis soldat, avant d'être enfermé dans un asile ? Parce que Jean de Dieu, après tous ces déboires, s'était consacré à réformer les conditions inhumaines dans lesquelles étaient soignés les malades. Or Ferdinand rêvait d'avoir un fils chirurgien ou médecin ou tout au moins pratiquant d'une façon ou d'une autre l'art de la médecine. C'est ainsi que la Providence, dont chacun sait que les voies sont insondables, combla ses vœux doublement en faisant naître un petit garçon le 8 mars, fête de la saint Jean de Dieu.

Paradoxalement, le petit Jean de Dieu, en totale rébellion contre ses origines bourgeoises et monarchistes, se sentait marqué au fer rouge par son prénom sanctificateur. Plus tard, s'étant déclaré athée, laïc et républicain, il affichait avec fierté et panache le nom d'emprunt qu'il s'était fabriqué : Juan de Dios y Tres de Maio. Il expliquait qu'il avait mis « du vin dans son eau de baptême » en remplaçant son nom de famille par le titre du fameux tableau

---

* L'ordre qui reçut en 1586 son approbation définitive compte aujourd'hui plus de cent cinquante maisons à travers le monde : hôpitaux, cliniques léproseries, centres de rééducation, asiles.

de Goya représentant des résistants espagnols fusillés par Napoléon. Devenu anarchiste, il avait hésité, après avoir vu le chef-d'œuvre d'Eisenstein, entre ce surnom et celui de Potemkine en hommage au cuirassé et ses héroïques matelots. Il conserva néanmoins son prénom de Jean de Dieu lorsqu'il entra dans la clandestinité anarchiste.

Dans le milieu madrilène de sa jeunesse l'éducation des garçons était assez fréquemment confiée à une gouvernante française avant qu'on les envoie parfaire leur bagage intellectuel et acquérir du caractère chez les révérends pères jésuites. Tel fut le cas de Jean à une exception près : sa gouvernante fut une Anglaise. Pour quelle raison ? Par le plus pur des hasards. C'est très souvent le cas.

Toujours est-il que, à l'opposé de ses compatriotes partagés entre la fougue des matadors et la mollesse de la sieste, Jean apprit à prendre des douches froides, et, tout en conservant un calme imperturbable et l'exquise politesse d'un futur gentleman, à toujours vouloir gagner dans les divers sports qu'il pratiquait. Sa mère en était tout émue. Elle répétait sans cesse à propos de la gouvernante anglaise :

« C'est le Bon Dieu qui nous l'a envoyée. »

Son mari, narquois, lui conseillait la prudence et de modérer ses jugements en lui rappelant que les compatriotes de Miss Wheeler leur avaient volé Gibraltar. Après quoi il lui demandait comment elle pouvait affirmer que sa venue était liée à une intervention divine plutôt qu'au hasard et lui répétait les paroles du père préfet : « Votre petit Jean est un volcan recouvert d'une mer de glace. »

« Mais Ferdinand, mon chéri, le hasard c'est aussi le Bon Dieu qui l'a fait », répondait, imperturbable, Isabelle.

En bon élève des Jésuites, Jean avait pris l'habitude de se confesser une fois par semaine et de communier avec ferveur tous les matins. À une certaine époque, il avait même sérieusement envisagé de devenir prêtre. C'est en classe de philosophie que lui vint la vocation. Comme tous ses condisciples, il participait à la fameuse retraite de fin d'études. Basée sur les exercices de saint Ignace de Loyola, ce guerrier fondateur de la Compagnie de Jésus, le programme de cette retraite était impressionnant. Lever à cinq heures du matin, prières, messes, méditations et exercices spirituels s'enchaînaient à un rythme infernal. D'ailleurs, dans les innombrables sermons, il était beaucoup question d'enfer. Plus tard, chaque fois qu'il évoquera cette époque, Jean comparera volontiers les exercices de saint Ignace à ceux des yogis ou des moines orthodoxes hésychastes du mont Athos. Il disait que toutes ces techniques essayaient de libérer l'esprit en agissant sur le corps par l'intermédiaire de la respiration. Ce fut à la fin de la retraite qu'il décida de devenir prêtre. Mais cette crise de foi fut passagère.

À vrai dire, sa religion ne s'effondra pas d'un coup, mais se détruisit lentement, insidieusement avec ce mélange de douleur et de plaisir que l'on éprouve en taquinant du bout de la langue une dent malade ou en faisant saigner une croûte avec son ongle.

Trois facteurs lui firent emprunter une voie diamétralement opposée.

La première brèche dans son armure de croisé fut produite par sa jolie cousine Suzanne qui avait deux ans de plus que lui. Cette différence ne se voyait pas car Jean, un beau garçon d'allure athlétique, mesurant un mètre quatre-vingts (*almost six feet tall*, disait Miss Wheeler), faisait beaucoup plus âgé que son âge. Sa cousine lui apprit qu'il ressemblait étrangement au Bacchus du Caravage. Même cheveux bouclés et très longs cils, même bouche gourmande. Elle lui révéla aussi qu'il avait tout pour plaire aux jeunes filles comme aux femmes mûres, mais ne le savait pas.

Lui ayant fait découvrir son physique caravagesque, Suzanne lui recommanda d'aller voir le *David et Goliath* du Prado et d'acheter une reproduction du jeune *Bacchus* qui se trouve dans un musée allemand. Curieusement, chaque fois qu'il se souvenait d'elle, Jean réentendait mentalement ces mots prononcés par sa cousine avec ce léger accent anglais très apprécié à l'époque par la *gentry* madrilène.

Jean alla donc sans tarder au musée du Prado et tomba en arrêt devant l'extraordinaire *David et Goliath*. En effet, le profil de David ressemblait étrangement au sien. Jean s'éprit instantanément de ce peintre dont le débridé, la folie, la sauvagerie allaient le fasciner pour toujours.

Mais revenons à sa jolie cousine qui n'hésita pas à parfaire son éducation culturelle par des leçons dans d'autres domaines.

C'était la merveilleuse époque du flirt et du *foreplay* *, hélas disparus dans la deuxième moitié du XXe siècle de la pilule. Bouleversé, ravi, innocent, maladroit et désorienté, Jean, en bon élève des Jésuites, s'enhardit à faire sa cour en latin. Sa cousine faisant semblant de comprendre se mit à rire en disant :

« La culture, c'est comme la confiture. Plus on l'étale, moins on la goûte. »

Suzanne avait fortement ébranlé ses pratiques religieuses et lui avait appris que l'océan culturel des révérends pères Jésuites pouvait être contenu dans le dé à coudre d'une jeune fille ayant un peu d'expérience. Ces souvenirs de jeunesse bêtifiante lui faisaient mal et plaisir à la fois.

De toute façon, deux autres facteurs achèveront la démolition de son solide édifice ibéro-catholique.

La nature ayant horreur du vide, Jean chercha à s'évader du conservatisme de sa Sainte Mère l'Église et des pesanteurs familiales en fréquentant secrètement des milieux athées et anarchistes. Une nouvelle vocation allait remplacer sa brève tentation de

---

* *Flirt*, ce joli mot dérive bien sûr du très français « fleureter », à l'encontre du ludique mais bien moins joli *foreplay* signifiant « jeux préparatoires ».

devenir prêtre. Les voies du Seigneur étant impénétrables, ce fut le ballon rond dont le Diable se servit pour opérer cette maléfique conversion. C'est à l'occasion d'un match de football entre l'école communale et le collège de la Sagrada Familia que Jean rencontra Miguelito. Ce dernier, dont l'équipe avait gagné, lui proposa d'échanger leurs maillots et de venir rencontrer son père, José, un ébéniste très réputé que tout Madrid surnommait José le Bolchevique. Jean accepta et vint régulièrement profiter des leçons de sculpture sur bois et aussi des idées révolutionnaires que José lui donnait de moins en moins discrètement dans son atelier. Pour le mettre à l'aise, José le provoquait en lui disant que son cas n'était pas désespéré, malgré son origine bourgeoise et catholique. Il lui parlait habilement de Piotr Alexeïevitch Kropotkine, un aristocrate, anarchiste et libertaire tour à tour page à la cour du tsar et militaire en Sibérie, avant de démissionner de l'armée pour devenir un anarchiste capable de déclarer : « La révolte permanente par la parole, par l'écrit, par le poignard, le fusil, la dynamite, tout ce qui n'est pas la légalité est bon pour nous. » Aux deux garçons émerveillés José racontait comment ce personnage de légende avait été arrêté et interné plusieurs fois. Il décrivait son évasion, sa grâce, son exil, son retour en 1917 en Russie et l'apothéose finale de ses obsèques qui donnèrent lieu à la dernière manifestation anarchiste avant que la Russie soviétique ne sombre dans le totalitarisme.

« Sais-tu, mon cher Jean, que le paradis des anarchistes n'était pas interdit aux bourgeois ou même aux bons aristocrates avant qu'hélas il ne soit étranglé par la Stalinie ? » concluait José avec mélancolie.

Ce révolté était un curieux mélange, alternant citations sanguinaires et préceptes dignes du cancre qu'il n'était pas, comme par exemple : « Ne jamais remettre au lendemain ce que l'on peut remettre au surlendemain. » D'autres fois José prenait un ton épique et, tout en s'accompagnant à la guitare, chantait l'épopée des luttes ouvrières de la Catalogne : son « vrai » pays. Il déclamait comment le paysan espagnol, qui jadis ne gagnait pas de quoi acheter deux kilos de pain par jour, entra un beau jour en rébellion ouverte. Comment, dans sa Catalogne ouvrière, les anarchistes formèrent en septembre 1881 des groupes terroristes appelés *Los Desheredados* (Les Déshérités). Il décrivait les terribles exactions de la Mano Negra, les dix ans d'attentats à la bombe, les tortures et mises à mort, le coup d'État militaire du 13 septembre 1923, qui réduisit au silence une fois de plus les anarchistes et donna le pouvoir au dictateur Primo de Rivera.

« Mais le sacrifice de nos martyrs ne sera pas vain. Un jour viendra, un jour viendra où les idées triompheront. *Viva la muerte, viva la muerte* », chantait José.

Comment résister à la tentation envoûtante de comploter avec cet artiste ouvrier qui joue de la guitare, crie « Vive la mort » et chante des couplets incendiaires ? Impossible de se priver de cet alcool révolutionnaire et des délicieux tapas préparés avec tant d'amour par la brune Carmen, sa femme.

Après quelques semaines, Jean dit adieu au vin de messe complètement noyé dans de l'eau bénite bolchevique et aux fameux exercices de saint Ignace qui l'avaient poussé jusqu'au bord de la chaste soutane. Il se surprenait même à faire des jeux de mots sacrilèges sur communisme et communion et des contrepèteries approximatives en se répétant silencieusement comment « la libertine Suzanne avait chassé la chaste soutane ». Sa vocation, déjà fortement ébranlée par sa voluptueuse cousine, ne tenait plus qu'à un fil.

Ce fut la servante au rosaire qui acheva de le couper.

Quand, plus tard, sa femme et ses filles lui demandèrent les origines de son dérapage domestico-religieux et de sa conversion en communiste mécréant, il se garda bien de mentionner sa cousine Suzanne. Il commençait par décrire longuement ses problèmes politiques, métaphysiques et théologiques. Puis, après un court silence, il raconta les histoires de tante Alice et de Tibéria, sa servante au rosaire. Son récit débuta par :

« Mon rejet des bondieuseries fut définitivement provoqué par la servante au rosaire de tante Alice, ma marraine. Petites causes, grands effets. »

Ce proverbe servait d'introduction à son récit. Il commençait par la description du zèle religieux et des efforts missionnaires de sa mère. Parfait modèle d'une épouse hyper-catholique, cette sainte femme allait plus d'une fois par jour à l'église (à la messe le matin et très souvent au salut le soir) et, bien sûr, s'occupait de ses bonnes œuvres avec un prosélytisme féroce. Le reste de son temps, aidée de sa fille, elle s'efforçait de ramener au bercail de notre Sainte Mère l'Église un mari impénitent qui accomplissait le moins souvent possible son devoir dominical. Peine perdue. Alors, en guise de représailles, elle infligeait à son malheureux époux, qui débordait d'hormones et de passion, la chaste torture d'une porte fermée à double tour. Elle-même compensait cet amour conjugal refoulé en déversant des flots de passion sur la tête de son petit chérubin et en priant pour le salut de sa sœur Alice, qui était la marraine de Jean.

La vie que menait tante Alice – aux mœurs trop modernes et hélas ! encore célibataire – la désolait même davantage que la tiédeur religieuse de son époux. Jean écoutait sa mère en silence, sans avouer qu'il avait un faible pour sa marraine chez laquelle il allait déjeuner une fois par mois.

Ces visites étaient inoubliables. Tante Alice était toujours impeccablement coiffée et habillée. Elle ressemblait à une immense poupée drapée de plusieurs couches mystérieuses de somptueuses étoffes d'où émergeaient un visage et deux mains de porcelaine. Elle vivait hors de l'époque dans son temps d'Alice où les jupes touchaient terre. Quand elle avançait toute droite en glissant sur son parquet ciré, elle devait certainement avoir deux pieds, mais on ne les voyait jamais, qu'elle fût debout ou assise, position dans laquelle elle n'aurait songé, ne fût-ce qu'une fois, croiser les jambes.

Comme beaucoup de personnes qui vivent seules, Alice, habituellement très réservée, devenait intarissable quand elle prenait la parole. Très cultivée et presque érudite, les souvenirs de ses lectures se bousculaient, débités en une interminable expiration digne d'un pêcheur de perles. (« Voici Niagara qui arrive », murmurait le père de Jean, quand il la voyait approcher.) Une de ses cousines, qui se faisait appeler Mary parce qu'elle avait appris l'anglais et cultivait des manières londoniennes, aimait répéter qu'elle n'avait jamais rencontré *such a talkative bookworm* as Cousin Alice*. Quant à son père, il attribuait cette logorrhée au fait que tante Alice, célibataire endurcie et vivant seule, avait acquis un langage fortement égocentrique.

Jean avait appris ce terme technique lors d'une visite à un psychanalyste d'enfants chez lequel son père l'avait emmené parce que son langage lui semblait régresser. Le docteur qui avait été l'élève d'un célèbre professeur suisse les avait rassurés.

« Enfant signifie non-parlant en latin, parce que jusqu'à onze mois il doit indiquer avec son doigt pointé *moi, toi, il* et le reste. Puis, contrairement à ses origines simiesques, il va, en se dressant sur ses membres postérieurs, acquérir sa boîte vocale et

* « Ver de livre » en anglais. En français « rat de bibliothèque. »

perdre sa qualité d'enfant, en commençant à balbutier quelques mots. Un peu plus tard vient la terrible saison : l'enfant entend, puis écoute sa parole intérieure. Il prend conscience que son *moi* parle, lui parle. Terrifié et fasciné par cette découverte il ne surveille plus bien les paroles qui sortent de sa bouche. Il les confond avec celles qui parlent en silence. Paradoxalement son langage régresse et il confond alors le *je* et le *tu*. Ce recul passager serait donc lié en réalité à un progrès. C'est ce qui a été appelé langage égocentrique », conclut solennellement le médecin.

En somme il faut reculer pour mieux sauter. Cet état de chose disparaîtra chez l'adulte à moins qu'il ne devienne poète. Dans ce dernier cas tout devient possible.

« C'est toujours comme ça », ajouta l'homme de l'art.

Le docteur ensuite avait enchaîné en faisant l'apologie du mensonge. Selon lui, le propre de l'homme serait la parole et l'introspection, c'est-à-dire la compréhension des sentiments de son prochain par analogie avec ce que l'on ressentirait soi-même dans des conditions similaires. D'où pouvoir influencer ou abuser autrui. Dans ce domaine, le propre et la supériorité de la femme serait de feindre l'orgasme.

Jean, poursuivant son récit, se posa des questions sur le drame survenu au Paradis terrestre. Adam et Ève n'auraient-ils pas mieux fait de mentir au lieu de se perdre en avouant la vérité ?

La femme et les filles écoutaient Jean avec émerveillement.

« Comment fais-tu pour retenir toutes ces choses ?

— C'est grâce à un livre que le docteur avait donné à mon père, que j'ai lu et relu beaucoup plus tard », répondait-il modestement.

Jean aborda ensuite bien d'autres sujets et, après cette longue digression, il revint à l'histoire de sa marraine. Il évoqua l'impeccable correction de sa posture assise et, selon son habitude, sans la moindre hésitation ou explication, emporté par ses souvenirs, il enchaîna par des bouts de phrases ésotériques, entrecoupées de silences, n'ayant à première vue aucun rapport avec son précédent récit. Cette fois-ci il s'agissait de sainte Jeanne d'Arc :

« C'est pourquoi, continua-t-il, le vieux soldat… pour s'assurer que la Sainte était bien une fille… lui lança son épée… Il fut rassuré. Quand elle ouvrit les jambes, il comprit qu'elle n'était pas un garçon.

— Mais, Jean, qu'est ce que tu racontes ? De quoi s'agit-il ? murmura faiblement sa femme.

— Parce que, si Jeanne avait été un vrai garçon, elle, c'est-à-dire lui, aurait serré les genoux, n'est-ce pas ? Tu comprends ? C'est clair.

— Pas du tout. Ni de quoi, ni de qui, ni de quand. »

Isabelita avait pris l'habitude de répéter cette trilogie comme on invoque un talisman pour chasser le diable. Perdu dans un épais brouillard de sexes, de genre grammatical et d'un mystérieux langage corporel, ses auditrices commençaient elles aussi à parler « égocentrique ». Jean consentit alors à s'exprimer comme un adulte normal et à leur fournir enfin une explication historique compréhensible.

« À cette époque troublée de l'Histoire de France, certaines femmes, pour combattre, se déguisaient en garçon. Pour débusquer leur travestissement, il suffisait de leur lancer un objet quand elles étaient assises et avaient les mains occupées. Oubliant qu'elles ne portaient plus une jupe elles écartaient instinctivement les jambes pour augmenter le tarmac.

— C'est quoi le tarmac ?

— C'est le terrain d'atterrissage d'un avion. *Sic.* »

Jean, quand la conversation cessait de l'intéresser, aimait dire *sic* au lieu de point final.

« Que vient faire un avion au Moyen Âge ?

— Tais-toi, maman, on t'expliquera plus tard », dirent les filles.

Elles avaient tellement l'habitude des digressions surréalistes entrecoupées de silences de leur père qu'elles l'avaient surnommé « notre papa Salvador Dali ».

Pour le moment, elles étaient impatientes d'entendre la suite des histoires d'Alice. Sans la moindre hésitation, Jean revint alors à son récit.

« Tu ne peux pas savoir comme ses joues étaient bonnes à bécoter... Je m'en souviens encore... et sa table... » Ses yeux devenaient rêveurs. « Je n'oublierai jamais les recettes magiques qu'elle concoctait avec Tibéria, sa petite vieille. »

Tel Champollion devant la pierre de Rosette, ses auditrices finissaient par décrypter. Les joues appartenaient à tante Alice. Parfumées, douces et lisses, elles étaient bonnes à couvrir de baisers.

Tibéria n'était pas une petite vieille, mais plutôt un nain de jardin. Cousine germaine de Grincheux, elle supportait mal les remarques de sa patronne. Celle-ci, sans jamais mettre la main à la pâte, venait prodiguer ses conseils culinaires :

« Tibéria, un peu plus de sel. Tibéria, un peu moins de poivre. »

Ces remarques suffisaient à faire éclater l'orage. Tibéria rendait son tablier pour la centième fois, c'est-à-dire ne le rendait jamais vraiment, car Grincheux adorait son Alice au pays des merveilles.

Levée de très bonne heure, Tibéria terminait son ménage avant d'apporter à sa maîtresse le petit déjeuner à huit heures du matin. Elle ne reparaissait qu'à onze heures pour préparer le déjeuner. Cela posait problème, car chacun sait que l'oisiveté est mauvaise conseillère, surtout pour les petites gens. Tante Alice décida d'en parler comme d'habitude à son galant favori, le baron de Ménasche, qui suggéra de lui trouver une occupation entre huit et onze heures.

« Quel travail ?

— Vous trouverez bien, ma chère amie. »

Ne trouvant rien, Alice décida de demander conseil au nouveau curé, le père Amédée de

Quéramais. Ce dernier, ayant été aumônier militaire à la Légion étrangère espagnole, devait être large d'idées. De plus elle comptait profiter de son arrivée récente pour rétablir d'excellentes relations avec sa paroisse.

Très pieuse, tante Alice allait jadis régulièrement à la messe et contribuait généreusement aux bonnes œuvres, jusqu'au jour où elle avait eu maille à partir avec le précédent recteur, le révérend Ribéra, auquel elle avait demandé la permission de faire inscrire ces quelques vers sur sa tombe :

En serrant sur mon cœur
Ces innombrables fleurs
Cueillies dans ma jeunesse.
Je pars pleine d'allégresse
Épouser pour toujours
Mon Dieu d'Amour.

Sa demande fut refusée, ce banal exercice poétique ayant choqué toutes les bonnes âmes consultées par le trop timide ecclésiastique.

Tante Alice, furieuse, avait alors coupé les ponts avec bonnes œuvres, prêtre et paroisse, mais elle envisagea d'inviter à déjeuner le remplaçant pour lui parler de ses problèmes. Son ami banquier lui avait raconté combien il avait apprécié la finesse et la grande liberté d'esprit du père Amédée rencontré à l'occasion d'une réunion des riches contributeurs aux bonnes œuvres de la paroisse. Le baron n'avait toutefois pas osé répéter les histoires salées de cet ancien légionnaire. Le père leur avait décrit sa première messe d'aumônier militaire dans une garnison de la Légion située aux confins du désert marocain. Le vieux prêtre auquel il succédait l'avait prévenu : « Ils assisteront nombreux à votre première messe, mais les dimanches suivants l'église sera vide. Vous n'aurez pour vous servir d'enfant de chœur qu'un caporal légèrement dérangé. Il aurait eu des visions de saint Georges qui lui serait apparu certaines nuits chevauchant un dromadaire. Comment imaginer saint Georges sur un chameau tuant un dragon ? » avait-il ajouté en chuchotant.

« Quoi qu'il en soit, ma chère, invitez le père Amédée à déjeuner. Je suis sûr qu'il vous plaira et qu'ainsi vous renouerez vos liens avec votre charmante petite église et son cimetière. Ce vous sera bien plus commode que de continuer à fréquenter la paroisse voisine », conclut le baron.

Tante Alice fit donc porter une lettre à son nouveau curé, le priant de venir déjeuner le dimanche suivant. Elle avait aussi invité Jean, ainsi que ses amis Ménasche et le docteur Garcia.

Jean fut immédiatement séduit par l'allure de ce prêtre qui était tellement différent de ses révérends pères jésuites en soutane. Vêtu d'un complet gris, il avait les cheveux taillés en brosse, une barbe carrée, poivre et sel comme ses cheveux, et portait une cravate foncée au lieu d'un col de clergyman. Jean fut instantanément subjugué par son gabarit de vieil athlète, son regard perçant, sa poignée de main franche et puissante, sa blessure de guerre qui le faisait boiter. Aucun d'entre eux n'avait jamais eu affaire avec pareil extraterrestre. Jean entendit ses voisins murmurer :

« Il a été légionnaire. Tout s'explique. »

Jean se sentit envahi par un sentiment de sympathie d'autant plus fort qu'il voyait dans le regard du père Amédée qu'il lui plaisait aussi.

« Ne vous méprenez pas, mes filles. Il existe des coups de foudre entre hommes parfaitement virils et baignant totalement dans une tranquille santé d'hétérosexuels primaires. »

Contrairement à ses révérends pères jésuites, le père Amédée ne craignait pas de commenter le précepte évangélique avec un libéralisme incroyable : « Aimez-vous les uns les autres, bien sûr. D'ailleurs l'amour existerait-il s'il n'y avait pas les uns et les autres ? Les couples parfaits comme Philémon et Baucis ? Certes, je veux bien. Mais aussi la passion amoureuse existerait-elle dans sa plénitude sans Tristan et Iseult ? Lancelot et Guenièvre ? Dante et Béatrice ? Tous ces merveilleux, ces bienheureux couples maudits ? Je me le demande. Ce dont je suis certain, c'est que ni les uns ni les autres n'existeraient s'il n'y avait pas d'Amour. »

Il avait prononcé cette dernière phrase en regardant fixement le docteur Garcia, qu'il soupçonnait d'être franc-maçon ou même pire, c'est-à-dire radical-socialiste, et dont on lui avait rapporté certains propos. Il aurait dit que la science était devenue la nouvelle religion dont les scientifiques constituaient le clergé. De plus, ayant fait jadis des études de droit, il avait eu un professeur qui faisait un usage abusif des métaphores. Il aimait comparer l'armée et la police aux défenses immunitaires et les professeurs d'université au cerveau d'une nation, tandis que le clergé n'était qu'un tissu jadis musclé devenu adipeux. Aussi le père Amédée craignait que Garcia ne l'attaque sur un des dogmes fondamentaux du christianisme qui donnèrent lieu aux terribles débats des IIe et IIIe siècle. Par exemple, celui de l'Incarnation ou celui de l'Immaculée Conception d'un certain Proclus ou d'un Arianus qui pensait que Jésus était un fantôme tandis que Nestorius lui attribuait une double nature. Les deux derniers furent condamnés par des conciles dirigés par le terrible Cyrille d'Alexandrie qui persécuta les Juifs et fit lyncher Hypatia. C'était la grande époque où la Sainte Colère était le grand moteur de la vie religieuse.

Garcia, qui était une très fine mouche, releva le défi et lui asséna d'une voix perfidement douce un coup terrible en rétorquant :

« Il est en effet indubitable, mon père, que les faux numéros de téléphone sonnent toujours occupé. Il en va, bien sûr, de même pour les appareils sans répondeur dans un appartement vide. »

À la surprise générale, le bon père fut visiblement ébranlé par cette extravagante métaphore, selon Jean sans aucun rapport avec le débat et de plus complètement fausse. Ils savaient tous que cette affirmation du docteur ne correspondait à rien et qu'Amédée allait lui dire que son raisonnement était inepte. À la surprise générale, après un long moment de silence, le père lui répondit d'une voix faible et embarrassée :

« La vie ne serait donc qu'une turbulence passagère entre l'être et le néant ? Quelle tristesse. Mon Dieu, quelle tristesse. »

Tous furent ébahis. Comment expliquer cette perte totale non seulement de combativité mais surtout de logique ? Le père Amédée aurait-il été subitement victime du doute au point de perdre sa logique ? Le docteur Garcia lui-même était estomaqué comme le joueur d'échec qui, ayant fait une grosse bêtise, s'attend à être échec et mat et découvre avec surprise qu'il a gagné la partie sans l'avoir fait exprès.

Quant à Jean, il comprit, en silence, que son bon colosse avait des pieds d'argile et que le débat était clos car, par bonheur, le baron avait, au soulagement de tous, habilement fait dévier la conversation.

À la fin du repas le père de Quéramais demanda à voir Tibéria. Il la remercia, tout en la grondant hypocritement de lui avoir fait commettre un péché de gourmandise. Quand elle eut disparu, il confia à son hôtesse qu'il regrettait que l'Église eût rangé l'amour de la bonne chère parmi les péchés capitaux. Il ajouta que même ceux dénommés « péchés contre la chair » lui paraissaient trop sévèrement classés. Puis, pour changer de sujet, il la félicita de bien connaître son ami le banquier, tout en réalisant trop tard combien cet enchaînement était malheureux après avoir parlé des péchés de la chair.

Par bonheur, tante Alice qui avait l'esprit ailleurs lui parla du poème qu'elle avait voulu faire graver sur sa tombe. Il l'y encouragea vivement et lui parla de la mort, cette sublime armature invisible de la vie, comme l'est notre squelette caché dans notre corps. C'est alors que tante Alice lui rapporta sa conversation avec Monsieur de Ménasche au sujet de l'horaire de Tibéria. Hélas ! Elle n'avait toujours pas trouvé comment occuper ses heures creuses.

« Achetez-lui un rosaire, dit le Curé. Elle priera pour diminuer vos années de purgatoire. Ainsi son salaire sera complètement justifié. »

Mis au courant de ce stratagème, les amis de tante Alice lui firent remarquer que grâce aux prières le réservoir contenant les années de purgatoire se viderait. Par conséquent, il ne fallait pas cesser de le remplir afin que les efforts de Tibéria ne soient pas perdus dans le vide, dont, comme nous le savons bien, la Nature a horreur. Ainsi, bien avant tout le monde, tante Alice avait pressenti les difficultés inhérentes aux grandes lois de l'économie.

Lors de certaines fêtes, Tibéria, assise à la porte de la cuisine qui donnait sur le jardin, plumait des oies presque aussi grosses qu'elle. On pouvait voir alors dans un nuage blanc l'ombre de sa tête se projeter comme un oignon sur le mur car elle avait un chignon vertical. De profil on pouvait voir remuer ses lèvres. Bien que ses heures ne soient pas creuses ces jours-là et que ses mains soient alors bien occupées, elle était devenue incapable de ne pas égrener mentalement son rosaire.

« Ce conseil de comptable entama brutalement le charme du père Amédée et me ramena totalement à ma famille révolutionnaire. Décidément, il resterait un ami, mais un ami laïc et débarrassé de son piédestal. Quant à moi, j'allais retourner à l'anarchie, au père de mon ami Miguel et à ses idées révolutionnaires. J'admirais la force païenne de ce néophyte aux pieds sur terre et la tête dans l'au-delà. Avec lui je retrouvais enfin un rare spécimen de foi robuste, débarrassée de casuistique et capable de soulever des montagnes. Le cri *Viva la Muerte* des anarchistes reprenait son sens chrétien », conclut Jean.

C'est ainsi qu'il terminait son récit devant son petit auditoire. Mais dans son for intérieur il sentait bien que son prétendu retour au bercail marxiste était illusoire et que, sans bien s'en rendre compte, il s'acheminait lentement, inconsciemment, dans le très long corridor qui le conduirait après une quarantaine d'années à sa deuxième mort.

Chapitre 3

La deuxième mort de Jean

La première mort de Jean de Dieu s'était produite insidieusement, en suintant par étapes, à petits pas, comme une lente et mystérieuse hémorragie. Sa religion s'était évaporée, pudiquement, en silence, sans grande douleur. Au début, les autres n'avaient pas remarqué la disparition de sa foi catholique. Lui-même ne ressentait pas son absence. Comme le cancéreux qui ne constate la présence de sa tumeur que des années après que les premières cellules se sont nichées et multipliées en secret dans sa chair, Jean n'avait pas ressenti la perte progressive d'une partie importante de sa substance, de son tissu ancestral. Sans doute le vide avait été comblé au fur et à mesure par José, le père de son ami Miguel. Ce fascinant Don Quichotte l'avait converti subrepticement à la foi communiste.

À l'inverse, sa deuxième mort fut une longue agonie qui s'étala sur une quarantaine d'années et se déroula en trois actes. Elle débuta le jour où il quitta son Espagne chérie pour s'exiler en France.

Jean de Dieu avait senti son âme se déchirer. La musique de sa langue, la saveur festive des repas, la tendresse familiale, tout avait disparu en laissant un cœur blessé couvert de mauvaises cicatrices.

Le premier choc à l'origine de la perte de sa foi communiste fut l'annonce du pacte germano-soviétique. Est-ce ce jour-là qu'elle mourut ? Ou seulement après le procès des médecins juifs ? Était-ce plutôt en 1956, après le discours de déstalinisation de Khrouchtchev ? Ou plus tard grâce au travail de sape de Soljenitsyne et de Sakharov ? Ou bien les années suivantes avec la perestroïka de Gorbatchev et la chute du mur de Berlin ?

Les optimistes prédisaient que le communisme ne durerait qu'une centaine d'années. Les pessimistes affirmaient plusieurs siècles. Certains optimistes et les très pessimistes (qui souffraient peut-être aussi du foie) disaient : « C'est la fin du capitalisme. »

Mais, comme très souvent, l'Histoire nous joue des tours. Un beau matin tout le monde est surpris. Le lendemain tous disent : « Nous l'avions prédit. D'ailleurs c'était clairement inévitable ! »

Ce fut la désagrégation. Huit républiques proclamèrent leur indépendance, le Comité central fut dissous et Gorbatchev démissionna. Le KGB fut démantelé. Début décembre 1991, les présidents de la Russie, de l'Ukraine et de la Biélorussie décidèrent de former une Communauté des États indépendants à laquelle viendraient se joindre huit autres républiques. Ce fut la fin de l'URSS.

*

Durant les vingt-quatre mois précédant la victoire des militaires en 1936, les tragiques prédictions de José s'étaient réalisées. La république d'Espagne avait été proclamée deux jours après la victoire de la gauche aux élections du 12 avril 1931, suivie de l'exil du roi Alphonse XIII. Au cours des cinq années suivantes, la situation fut profondément troublée : les grèves générales, les attentats par des militants d'extrême droite et les échauffourées avec la police se multipliaient. S'ensuivirent coup sur coup l'installation du Frente popular en avril 1936 et, moins de six mois plus tard, le putsch du général Franco à partir de bases marocaines puis la guerre civile.

Barcelone, 17 juillet 1936 : les anarchistes s'emparèrent des armes entreposées dans le port et les comités ouvriers prirent le pouvoir en Catalogne. Durant les mois qui suivirent, les miliciens républicains se distinguèrent particulièrement en Aragon et dans la région du Levant en se livrant à des essais de communisme, de collectivisation des trois quarts des terres et de socialisation spontanée des usines.

Au début de ces événements, José qui était ouvertement catalan (catalan, catalan ! CATALAN sans vergogne) vivait cette aventure avec une ivresse à la limite de l'obscène. Mais son enthousiasme devait rapidement disparaître à la suite des querelles qui surgirent pour la prise de ce pouvoir maudit par sa nature même. Les oppositions s'accentuèrent au point d'engendrer à Barcelone en mai 1937 un conflit armé opposant, au sein du Front antifasciste, les anarchistes aux communistes.

Durant cette période enivrante mais troublée qui précéda le retour de Franco en Espagne, Jean était parvenu à protéger sa famille grâce aux bonnes relations qu'il entretenait avec les amis de José. La sanglante guerre civile qui suivit coûta plus de 600 000 morts. Elle se termina en 1939 et, par une étrange ironie de l'Histoire, la victoire des militaires fut déclarée le 1er avril !

La nouvelle de ce poisson d'avril ne fut ni festive ni surprenante. Ce fut dans son lieu d'exil que Jean apprit la victoire de Franco. En effet, pressentant l'imminence d'un changement politique profond, Jean avait envisagé de traverser les Pyrénées pour prendre refuge en France avec la famille de Miguel.

Tous prévoyaient le triomphe de Franco et abandonnaient l'espoir d'un retour prochain en Espagne. Mais ce fut un événement soudain et atrocement brutal qui décida Jean et Miguel à fuir sur-le-champ. Par une nuit tragiquement lumineuse, des hommes armés forcèrent la porte du domicile de Miguel. José l'Artiste – qui n'avait jamais caché ses sympathies de gauche – fut saisi, menotté, traité de sale bolchevique athée et révolutionnaire. On le traîna dans la cour. Des coups de feu retentirent aussitôt. Le cadavre fut abandonné gisant dans une mare de sang. L'image de ce père ensanglanté hanterait Miguel et Jean pour toujours.

Ils reverraient, à terre, dans cette mare écarlate, le profil du beau visage de José, si fier et souriant.

Miguel en parlait peu, mais ne cherchait pas à se défaire de cette image. Pour lui, qui avait résolument choisi la voie de son père, elle demeurerait un pôle, un guide pour le reste de son existence.

Jean se souviendrait lui aussi de cet ouvrier, cet homme simple, ce grand artiste, qui possédait le sens de l'autre. Il lui avait posé toutes les questions (sur les femmes, la mort, sur sa vision du monde) qu'il n'avait jamais osé poser à ses parents. Jean confia un jour à sa femme qu'il avait eu la chance de posséder trois pères : Ferdinand, qu'il appelait soit « mon géniteur » soit « le mari de ma mère », José l'ébéniste et le professeur Thézard – dont il sera longuement question plus tard. Ce dernier était philosophe et sociologue mais préférait s'attribuer le titre bizarre d'« économécanophile ».

Dès le lendemain du drame, Carmen, la mère de Miguel, entraîna sa sœur, son fils et Jean sur la route. Avec le peu d'argent qui leur restait, ils parvinrent à franchir la frontière à pied et trouvèrent refuge en France. Le trajet leur avait pris sept jours.

Réfugiés sous des tentes, non loin de la frontière, leur existence, planifiée avec minutie, fut rude. Dans la cuisine minuscule au plafond trop bas pour rester debout, la plupart des activités se faisaient à genoux, situation encore plus humiliante qu'inconfortable. Les toilettes rudimentaires se trouvaient au bout du monde. Heureusement, le père de Jean réussit, après quelques mois, à leur faire parvenir un colis. À l'intérieur il y avait quelques centaines de francs, trois napoléons, deux billets à ordre sur une banque parisienne et deux lettres.

Mon très cher Juanito,

Nous étions inquiets car, malgré les prières quotidiennes et les neuvaines répétées de ta sainte femme de mère, nous demeurions sans nouvelles de toi jusqu'à l'autre jour où j'eus le bonheur de recevoir la visite de Javier, l'oncle de Miguelito. Il m'a confié qu'il envisageait de vous rejoindre et m'a proposé de prendre avec lui tout ce que je voulais t'envoyer.

Les napoléons sont pour toi seul. La moitié des francs et un des billets à ordre sont aussi pour toi. Le reste est pour Miguelito et sa mère que tu salueras et remercieras de notre part pour avoir bien pris soin de toi.

Tu trouveras aussi une pièce d'identité sur laquelle je t'ai vieilli de deux ans puisque tu fais plus que ton âge. Ça pourra te servir si tu cherches du travail.

Ta mère se joint à moi pour te bénir et t'embrasser très, très fort.

P. S. L'autre lettre t'est envoyée par ta cousine Suzanne à qui j'avais fait savoir que j'avais un moyen de te joindre.

Jean décacheta en souriant la deuxième lettre. Ainsi, sans en avoir l'air, son père avait certainement deviné sa liaison avec sa cousine. Ça devait même lui faire plaisir, pensa-t-il, car l'idée de devenir le père d'un ecclésiastique avait dû lui donner des sueurs froides.

Très cher cousin, lui écrivait sa cousine, *Viva Paris ! ! !*

Va à la Rotonde qui se trouve près de la gare Montparnasse. C'est le quartier des artistes.

Viva Paris ! ! !

Va aussi au Louvre dire bonjour de ma part au Caravage.

Viva Paris ! ! !

Tu nous manques beaucoup.

J'espère te revoir un jour prochain. Peut-être à Paris.

Peut-être, Peut-être, Peut-être.

De toute façon, Viva Paris ! ! !

La lettre de Suzanne lui parut un peu étrange. Il ne devait pas tarder à apprendre qu'elle ne viendrait pas de sitôt et qu'elle s'était fiancée à un ami rendu célèbre par son fantasme de se déguiser en matador.

Toujours est-il que, grâce à ce miraculeux envoi, toute la bande put remonter ensemble, par étapes, vers la capitale.

Chapitre 4

Du plomb au bois en passant par le poème

Débarquant à la gare Montparnasse, Jean, qui souhaitait traîner dans le quartier, se sépara de ses amis qui allaient habiter à Pigalle chez un parent éloigné. Miguel fut très vite engagé comme apprenti ébéniste, puis comme ouvrier qualifié. Paris fascinait Jean depuis que Suzanne, qui y avait vécu pendant trois ans avec ses parents, lui avait répété avec un air plein de sous entendus :

« Paris se décrit en deux mots : mouvement et extrêêêême liberté. »

Il avait encore dans la tête les intonations rauques et graves à la Marlène Dietrich de sa cousine, plissant les yeux et retroussant voluptueusement son petit nez et ses lèvres en décrivant cette admirable cité, unique au monde.

Suzanne avait bien raison. Il aima tout de suite Paris et Paris l'aima immédiatement aussi : il se fit embaucher le jour-même de son arrivée. Voici comment.

À la sortie de la gare, il alla s'attabler à la Rotonde, comme le lui avait conseillé sa cousine.

« Tu y rencontreras Pablo (Picasso), les deux Juan (Miró et Gris) et bien d'autres compatriotes. Ils te trouveront sûrement du travail et un logement », lui avait-elle affirmé à sa manière péremptoire et dangereusement optimiste.

Ce jour-là Jean ne rencontra à la Rotonde aucun de ces peintres illustrissimes, mais, assis à la table voisine, un homme au teint basané, aux traits d'une grande finesse, aux yeux très noirs bordés de longs cils.

« Il pourrait bien être de mon pays », pensa Jean.

Au garçon qui lui demandait ce qu'il voulait consommer l'inconnu répondit d'une voix très douce :

« *Sempre el mismo, por favor.* »

C'était bien un Espagnol. Sans hésiter, Jean se présenta et lui demanda le nom de la boisson qui était dans son verre. Ce fut ainsi qu'il ne tarda pas à faire la connaissance de son voisin et de cet alcool, la boisson favorite de l'inconnu, qui l'invita à s'asseoir à sa table. Ils échangèrent souvenirs sur souvenirs et Noilly Prat sur Noilly Prat.

« J'aime son goût de noisette », disait l'inconnu en sirotant.

De fil en aiguille, Jean raconta son histoire passée et lui confia qu'une très bonne amie lui avait recommandé de rencontrer à tout prix trois illustres compatriotes : Pablo Picasso et les deux Juan, le Gris et le Miró.

« Si vous venez un jour à mon atelier, vous pourrez voir Picasso. Mais hélas pas les deux autres. Juan Gris est mort à l'âge de quarante ans en 1927 et Miró ne vient plus nous voir depuis longtemps. Faites le savoir à votre très bonne amie. »

Changeant vite de sujet, Jean lui avoua qu'il lui fallait auparavant trouver du travail car, malgré la somme que son père lui avait envoyée, il lui restait tout juste de quoi tenir quatre ou six semaines. À la fin de ce long apéritif assorti de pseudo-tapas, ils ne tardèrent pas à se sentir frères. Le jeune exilé trouva une pension boulevard Garibaldi, à côté de l'appartement de Manuel Luis Garcia et un travail aux Éditions MLG (les initiales de Garcia.)

Cet imprimeur espagnol à la passion incandescente pour la musique des mots allait apprendre un nouveau métier à Jean et l'infecter de littérature pour le reste de sa vie. C'est parce qu'il était né poète que Manuel Luis Garcia avait acheté une presse Minerve à pédale, était devenu typographe et avait fondé la maison d'édition MLG, fréquentée par de très grands poètes et des peintres célèbres qui illustraient les livres qu'il publiait. Giacometti, Masson, Picasso, Man Ray, Max Ernst…

L'évocation de ces artistes rappela à Jean le Caravage et la lettre de Suzanne. Il alla donc au Louvre et fut déçu de n'y trouver aucun autoportrait du peintre et par conséquent, pour lui, nulle trace de lui-même. Il se consola en se ruinant à la librairie du musée par l'achat de plusieurs livres et cartes postales. De retour chez lui, il se mit à dévorer la biographie du Caravage.

Parce qu'il était un homme de partage, MLG aimait présenter son jeune collaborateur à ses illustres visiteurs. Aussi le lendemain, il lui présenta Thézard, qui allait devenir son troisième père.

« Thézard va venir à l'atelier. Vous devez le rencontrer. C'est un homme extraordinaire qui est non seulement un savant philosophe, mais aussi un poète dans l'âme. »

Ayant été élevé dans le moule dichotomique des révérends pères jésuites – lesquels, soit dit en passant, se méfiaient autant de la poésie que des sciences –, Jean trouva ce rapprochement des plus saugrenus. La poésie ? Mais quel rapport pouvait-elle avoir avec la science ? se demanda-t-il.

Il ne tarda pas à comprendre, le lendemain, à la suite de la visite mémorable de ce patriarche à grande barbe, à la voix de stentor et au langage charnu qui arrivait en proclamant :

« Salut à vous, l'ouvrier total qui connaissez les hommes lettre par lettre. »

Les présentations faites, Jean bombarda Thézard de questions :

« Quel type de lien peut-il exister entre science et poésie ? Un lien réel et privilégié ? Pourquoi poésie et science plutôt que poésie et cuisine ou mieux science et cuisine ? Comment le poète interroge-t-il, à travers la langue, le monde qui l'entoure ? Un poème peut-il changer notre regard sur le réel ? La poésie a-t-elle pour vocation de reconstruire notre perception du réel ? »

Thézard saisit la balle au bond.

« Si l'on considère que le poème est porteur d'un certain questionnement sur le monde à travers la langue, cela implique que la poésie intervient dans cet espace au sein duquel se joue notre rapport au monde et au sens. En poésie comme en science, c'est l'étonnement, l'émerveillement devant le réel qui se révèle source de sens. C'est cet imaginaire qui cherche un regard à visée globalisante. Quels sont les rapports possibles entre poésie et connaissance du réel ? Quels sont les liens qui existent entre connaissance scientifique et connaissance poétique ? L'étonnement, en tant que faculté de s'émerveiller, se retrouve à l'origine de l'intuition scientifique comme de la création poétique, car il fait naître chez le poète comme chez le scientifique une façon d'interroger et de s'interroger sur le monde qui l'entoure. Bien sûr, continua Thézard, au risque de vous choquer, il m'est tout à fait possible de créer des homologies entre cuisine et poésie ou cuisine et chimie (nourriture, goût, recette). Nos structures neurolinguistiques peuvent créer des passerelles avec toutes choses et leurs contraires. Néanmoins, la poésie et la science me semblent chasser souvent sur les mêmes terres, étant toutes deux étroitement *maquées* avec la philosophie et, évidemment, avec le langage. Liens qui peuvent d'ailleurs être la source de confusion et de problèmes. Passons. »

Thézard fit une pause pour savourer le regard horrifié de Jean. Le vieux philosophe aimait choquer son auditoire en parsemant ses envolées dialectiques de pavés d'argot teintés de sexualité. Il avait coutume d'expliquer que ce procédé dégraissait les mammouths métaphysiques. Puis il reprit :

« Existe-t-il un lien réel et privilégié entre science et poésie ? Oui, bien sûr, car à l'origine, science et poésie émergèrent d'un tronc commun contenant aussi la religion, la philosophie et différents codes ou règles de vie. Ces domaines, étroitement liés au départ, se détachèrent progressivement de la religion. Puis, après quelques centaines d'années de régime scolastique, philosophie et science se sépareront l'une de l'autre, brutalement, au siècle des Lumières. »

Après quoi Thézard se mit à expliquer comment en Grèce science et philosophie formèrent longtemps un couple inséparable. Ce ménage, brisé par l'apparition de la méthode expérimentale au XVIIe siècle, fut définitivement enterré avec le développement des sciences positives au XIXe. Depuis cette époque, la science et la philosophie n'ont cessé de se tourner le dos et de s'éloigner l'une de l'autre. Tandis que la Poésie demeure sur les cimes, la Science perd son *S* majuscule pour donner une nichée de sciences plurielles avec des *s* minuscules qui se séparent et descendent des hauteurs dans la plaine.

« Bref, conclut Thézard, je mettrais la Poésie à la place du soleil autour duquel graviteraient comme des planètes les différentes sciences. Je placerais les mathématiques et l'astronomie sur les orbites les plus proches tandis que sur les plus éloignées se trouveraient la sociologie, l'économie ou la psychologie. Pourquoi placer la poésie au centre ? Parce qu'étant elle-même de nature divine, elle occupe une position exceptionnelle depuis les origines. Elle a la charge de nous ramener par le dicible à l'indicible. Elle est restée sur ses hauteurs originelles tandis que la science est descendue dans la vallée. Abandonnant sa quête de connaissance pure et le poétique pour le technique, elle a pu ainsi contraindre, dominer et transformer la nature. Conservons l'espoir qu'elles convergeront et fusionneront peut-être dans le futur. »

De plus en plus intarissable, il en vint à Hésiode décrivant comment Zeus coucha avec la nymphe Mémoire durant neuf nuits pour lui donner du même souffle neuf petites Muses (à raison d'une par jour) qui procureraient aux hommes l'oubli des maux et la trêve des soucis. Le bienfaisant Oubli est en quelque sorte le petit-fils de Mémoire. Les scientifiques ne seraient défendus que par une seule des neuf filles de Mémoire, Uranie (l'astronomie), alors que trois muses (Euterpe, Érato et Calliope) * devinrent les patronnes des poètes.

Ayant commenté la naissance d'Oubli, cet étrange petit-fils de Mémoire, Thézard décrivit d'autres galipettes de Zeus. Le maître de l'Olympe se déguisait en animal pour séduire et enlever ses

---

* Euterpe pour la poésie lyrique, Érato pour l'érotique et Calliope pour l'épique.

belles. Ainsi parla-t-il d'Europe, la fille du roi de Tyr enlevée par ce dieu déguisé en taureau, et qui accoucha de Minos. Il raconta ensuite la tragique aventure du terrible Minotaure, le fruit des amours de Pasiphaé avec un autre taureau, et comment il fut enfermé par Minos dans le Labyrinthe.

*

De 1936 à 1939, Jean passa des journées entières chez MLG. La petite cour de la rue Huygens était un havre de poésie, un lieu où se retrouvaient écrivains et poètes amis dont MLG publiait les œuvres : Éluard, Breton, Bataille, Jouve, Michaux, Char, Prévert, Schehadé, Soupault, Leiris, Gisèle Prassinos, Tzara, et bien d'autres.

Schehadé et MLG aimaient se promener au jardin du Luxembourg en emmenant parfois Jean qui écoutait avec émerveillement les propos surréalistes de Georges. Ce jour-là le poète fut particulièrement incompréhensible. Garcia se préparait à imprimer, un de ses merveilleux petits livres sur Philon dont lui avait parlé Jean. Il fit part du passage suivant :

« Parfois, voulant me mettre à écrire, trouvant mon esprit sec je renonce à mon entreprise. Parfois, au contraire arrivant mon esprit vide, les pensées pleuvant invisiblement d'en haut… je ne sais plus où je suis, qui je suis, ce que je dis, ce que j'écris. Lorsque la lumière divine brille, la lumière humaine descend ; et lorsque celle-ci descend, celle-là s'élève. Car il n'est pas permis au divin et à l'humain de cohabiter. »

Sans hésiter Schehadé répondit :

« Je suis moi et mes circonstances, a dit un jour Ortega y Gasset. Moi aussi je suis JE et ses circonstances, me répondit le MOT ».

Schehadé soutenait que la grammaire contemporaine enseignée aux malheureux petits innocents qui somnolent béatement sur leurs bancs, cherche à réaliser une synthèse impossible entre deux grands moments de la pensée linguistique : la grammaire générale et la grammaire comparée, sans jamais parler de poésie. Ambition hardie qui est un signe de la paranoïa inhérente à la condition du grammairien.

« Ces grammairiens paranoïaques ont construit une forêt d'obstacles à l'envol des mots. C'est pourquoi nous avons l'immense, le surprenant, le miraculeux bonheur d'avoir hérité une merveilleuse volière dans laquelle chantent et battent des ailes des millions de captifs heureux : les poétiques mots-oiseaux. »

Schehadé était amoureux du mot « paranoïa ». Cette manie troubla Jean jusqu'au jour où il apprit que la ravissante sœur du poète allait épouser un médecin psychiatre.

Après quoi Georges enchaîna une suite aussi incohérente que ses propos du début, c'est-à-dire un torrent de phrases géniales. Il disait qu'il fallait se méfier des mots, les approcher et surtout les caresser avec prudence, car pour lui les « vrais mots de poésie étaient femelles. Ce sont des chattes. Si vous les fâchez, ajoutait-il, elles peuvent vous mordre ou, pire encore, vous fuir ».

Plus tard quand Jean fit part de cette conversation à Thézard, ce dernier le surprit en soutenant le discours du poète. Il approuva entièrement le redoutable double langage des mots et particulièrement le fait qu'ils ne s'embarrassent pas de la « mousse », qu'elle soit celle des bois ou du champagne. Était-ce l'évocation du champagne ? Toujours est-il que Thézard reprit de plus belle son jeu de saute-mouton, expliquant comment la grammaire avait « fait un enfant dans le dos » aux trois sœurs (le grec, le latin et le français) en général, et à la logique en particulier, le français parvenant à être le seul à se protéger…

René Char venait souvent à l'atelier. Il disait :

« La poésie est l'essence du langage, où le langage est, l'homme se trouve adressé. Le penseur dit l'Être. Le poète nomme le Sacré. »

Il disait aussi que penser et créer la poésie étaient les deux termes du *logos* :

« Comme le cerveau, la poésie est désobéissante, logique et illogique à la fois. »

La passion de Jean pour la poésie redoublait de jour en jour mais, étant d'un naturel lucide, il découvrit bien vite qu'il était incapable de faire un bel enfant à Euterpe ou Érato et encore moins à Calliope. Trop exigeant pour accepter d'aligner des vers qu'il jugeait médiocres, il ne tarda pas à abandonner la partie. Néanmoins, comme Cyrano, il tolérait difficilement que les autres le critiquent. À tous ceux qui lui parlaient – même à mots couverts – de la médiocrité de sa plume, il répondait :

« Vous, vous écrivez des poèmes. Moi, je les vis. »

Il continua néanmoins à s'imprégner de grands textes vers lesquels le conduisait un instinct très sûr. Chaque poème lui apportait physiquement chaleur et lumière. De sa belle écriture, il recopiait ceux qu'il avait aimés et les fixait pour un temps au-dessus de son lit. Bien qu'il variât souvent, sa prédilection allait aux Sud-Américains.

On l'entendait parfois murmurer longuement : « Neruda… Neruda… » puis après un long silence, déclamer d'une traite :

Viens à mon être, viens à mon aube
Jusqu'aux solitudes couronnées
Le royaume mort demeure encore vivant
Alors j'ai monté sur l'échelle de la terre,
Parmi l'atroce enchevêtrement des forêts perdues
Hauts récifs de l'aurore humaine.

La poésie lui apprit l'ouverture, l'attention aux autres, le recul à adopter vis-à-vis des petits soucis de l'existence et aussi à reconnaître les grandes soifs qui habitent l'âme ou l'esprit. À défaut de lui avoir enseigné à écrire de beaux poèmes, les filles de Mémoire lui avaient offert l'oubli des maux et la trêve des soucis.

1939. Manuel Luis Garcia partit joyeusement pour la drôle de guerre. Il comptait prendre sa revanche en battant rapidement tous ces nazis qui avaient donné le pouvoir à Franco.

En réalité, après un séjour bref et monotone dans les souterrains de l'*imprenable* ligne Maginot, il passa en captivité quatre très longues et pénibles années qui devaient durablement le marquer. Elles furent néanmoins fructueuses : il eut le temps à la fois de réfléchir et de lire parce que Jean lui faisait parvenir des livres et beaucoup de lettres de ses amis. Dans la correspondance qui suivit, ceux-ci tachaient de répondre aux nombreuses questions qu'il leur posait. Il ne parlait jamais de la vie qu'il menait. C'est ainsi qu'il les interrogea sur le cri de désespoir de Milton, dans le *Paradis perdu* :

Créateur, t'avais-je demandé de me pétrir d'argile en homme ?

Voilà comment se passait dans un stalag la longue nuit du prisonnier-poète.

Chapitre 5

Isabelita

Son patron étant parti à la guerre, Jean dut changer de métier. Son père, Ferdinand, fier de l'exceptionnelle adresse manuelle de son fils, avait toujours rêvé d'en faire un chirurgien. Mais le destin en décida autrement. Au lieu d'orthopédiste, Jean devait devenir ébéniste et rejoindre Miguel au boulevard Saint-Antoine. Ses talents acquis dans l'atelier de José furent rapidement reconnus. Sa réputation ne fit que prospérer et le travail ne lui manqua jamais.

Être ébéniste le jour n'empêcha pas Jean de retourner à l'atelier de MLG dont il avait conservé les clefs. Ayant renoué avec ses amis politiques, il imprimait clandestinement le soir des tracts sur la fameuse presse Minerve.

Redevenu un anarchiste espagnol vivant dans un Paris occupé par les Allemands, il lui fallait impérativement se mettre à l'abri de ce double danger. Par un juste retour du destin, le service fourni à sa famille du temps du Frente Popular lui fut rendu.

Avec l'aide de ses parents et de leurs relations franquistes, Jean obtint du nouvel ambassadeur d'Espagne un sauf-conduit attestant de son statut d'Espagnol politiquement très correct. Il parvint même à obtenir les mêmes avantages pour son ami Miguel. Ces papiers leur permirent de rester en France sans être inquiétés par les vichystes ou l'occupant.

Par ailleurs, ayant appris que Jean était ébéniste, l'ambassadeur lui demanda de faire des travaux à l'ambassade. C'est ainsi que, par une belle journée de printemps 1942, Jean rencontra Isabelita après s'être lié d'amitié avec son jeune frère.

À l'encontre de Jean qui avait vu le jour à Madrid en 1915 dans la maison d'une famille de la bonne bourgeoisie, Isabelita fut conçue et naquit à Paris en 1925 dans l'ambassade où ses parents avaient été engagés depuis deux ans. Isabelita, qui ne mit jamais les pieds hors de France, parlait aussi parfaitement l'espagnol que le français.

Durant les vingt dernières années, la vie de ses parents avait fluctué en sens symétriquement inverse de celle de la famille de Jean. Arrivés à l'ambassade en période monarchique, ils assistèrent au départ de l'ambassadeur du roi, puis, à l'arrivée et au départ de l'ambassadeur de la république, suivi enfin de l'installation mouvementée de l'actuel représentant du général Franco. À travers toutes ces turbulences leurs emplois ne furent jamais menacés, prouvant une fois de plus qu'un bon majordome est plus irremplaçable qu'un ambassadeur.

Isabelita venait d'avoir dix-sept ans lorsque notre jeune ébéniste pénétra dans sa vie. Elle le trouva très beau, mais très différent d'elle et de toutes les personnes auxquelles elle était habituée. Il avait un esprit hardi et libre – bien que sombre, pessimiste et trop obsédé par la politique – contrairement à elle qui était un curieux mélange de timidité et de gaieté.

Le jeune frère d'Isabelita subissait l'influence de ce Jean avec lequel il discutait durant des heures sur des thèmes aussi graves que la mort, l'existence de Dieu, le sens de la vie. Il partageait les opinions de Jean qui jugeait avec sévérité les luttes meurtrières dont on ne voyait pas la fin et qui accumulaient les victimes sur toute la planète. Ensemble ils se révoltaient contre cette nature humaine dévastatrice, et s'étaient promis d'être différents.

Isabelita était séduite aussi par ce rebelle-né qui disait :

« La vie, il faut la saisir au collet depuis son plus jeune âge. Avec sérénité, mais avec appétit féroce. »

Isabelita l'écoutait bouche bée.

Jean la regardait à peine mais, sans le laisser paraître, peut-être même sans s'en apercevoir, dès la première fois il l'avait aimée.

Des années plus tard, il raconterait à ses filles fascinées :

« Un soir, brusquement, ce fut comme une torche en feu qui explosa au fond de mon cœur. Je la fixais avec insistance sans pouvoir en détacher mes yeux. Je voyais aussi, dans l'instant, qu'elle éprouvait la même émotion. C'était évident : elle était tombée amoureuse de moi. Et moi, tout mon corps crépitait.

— Papa, comment savais-tu que maman t'aimait ?

— C'était une évidence comme 2 + 2 = 4.

— Papa, comment on sent un corps qui crépite ?

— Tu le vivras un jour. On ne peut pas l'expliquer. »

Les deux jeunes gens durent se marier à la hâte, car Isabelita attendait un enfant. Malgré ses réticences, Jean accepta d'aller à l'église et de subir une cérémonie religieuse, à condition que ce soit le père Amédée qui la célèbre. Il expliqua à sa fiancée et à ses futurs beaux-parents la relation étrange et paradoxale qu'il avait avec ce prêtre. Il insista sur son ouverture d'esprit et, pour la démontrer, il raconta ce qui s'était passé à ce fameux déjeuner chez sa tante Alice.

Le baron de Ménasche avait provoqué le prêtre en faisant allusion au casier judiciaire très chargé (croisades, Inquisition, bénédiction de canons) de notre Sainte Mère l'Église.

« Vos questions ne me choquent pas, avait répondu le père Amédée. Beaucoup de prêtres, comme moi-même, se les sont posées souvent. Voici la réponse que m'avait donnée un vieux curé de campagne. C'était l'hiver. Il neigeait. Il me montra le sentier qui menait à la petite chapelle de village. Il me dit qu'il emprunterait, comme ses paroissiens, ce chemin boueux et non la neige étincelante et pure qui l'entourait. Si tu veux rester catholique, mon fils, je te conseille d'en faire de même et de ne plus avoir peur de marcher dans la gadoue. L'essentiel c'est que le chemin te mène à l'église. »

« Pourquoi dis-tu que ton amitié avec le père Amédée est paradoxale ? » lui demanda Isabelita.

Il lui raconta pour la première fois le rôle du père Amédée dans l'histoire de la servante au rosaire et lui révéla combien cela avait contribué à le détacher définitivement de la foi sans altérer ses relations de communiste avec ce prêtre-militaire.

Ce fut un beau mariage que célébra le père Amédée. L'ambassadeur et son épouse assistèrent à la cérémonie. La famille de Jean qui était venue de Madrid s'entendit très bien avec celle d'Isabelita. Les belles-sœurs servirent de demoiselles d'honneur. Le frère d'Isa et Miguel furent les témoins. Ces derniers avec d'autres camarades d'atelier organisèrent l'enterrement de sa vie de garçon. On but, on rit, on chanta. Miguel, qui avait une belle voix, avait apporté sa guitare. Il entonna un air de circonstance * :

---

* Le poème, « Romance somnambule », extrait de *Romancero gitano*, de Federico García Lorca (traduit en français par Claude Esteban).

Vert et je te veux vert.
Vent vert. Vertes branches.
Le bateau sur la mer,
le cheval dans la montagne.
L'ami, je voudrais mourir dans
mon lit, comme tout le monde.
Un lit d'acier, si possible,
avec des draps de Hollande.
Vois-tu cette plaie qui va
de ma poitrine à ma gorge ?

Ils montent déjà, tous les deux,
vers les balustrades hautes.
Laissant un sentier de sang.
Laissant un sentier de larmes.
Sur les toitures tremblaient
des lanternes de fer-blanc.
Mille tambourins de verre
déchiraient le petit jour

Sur le ciel de la citerne
la gitane se berçait.
Chair verte, cheveux verts
avec ses yeux d'argent froid.
Un petit glaçon de lune
la soutient par-dessus l'eau.
La nuit devint toute menue,
intime comme une place.
Des gardes civils ivres morts
donnaient des coups dans la porte.
Vert et je te veux vert.
Vent vert. Vertes branches.

Le bateau sur la mer,
le cheval dans la montagne.

Brusquement la voix de Miguel s'était cassée, les paroles devinrent inaudibles et il se mit à sangloter en terminant par :

Des gardes civils ivres morts
donnaient des coups dans la porte.

Il y eut un grand silence. Jean et toute l'assistance venaient de réaliser que leur ami jouait avec la guitare de son père assassiné.

*

Le jeune couple baignait dans un si charmant bonheur que les belles-mères pardonnèrent le coup de canif au sacrement du mariage. Elles se consolèrent en affirmant que, contrairement aux demi-vierges, seules les filles innocentes et pures tombaient enceintes.

La mère de Jean fit remarquer qu'il avait choisi une épouse qui avait le même prénom qu'elle. Aussi elle annonça que, dorénavant, elle appellerait sa belle-fille Isa.

« Mais c'est Isabelita, et toi Isabelle.

— Ça ne fait rien. C'est trop proche. Je préfère Isa. »

Elle n'osait confier à son fils que, dans l'intimité, Ferdinand l'appelait Isabelita.

Le père d'Isa rapporta les explications lénifiantes de Son Excellence l'ambassadeur :

« Le monde sort d'une longue période de guerre et l'on sait combien Mars et Vénus font bon ménage. Et puis ils font un très beau couple », avait-il ajouté.

Ferdinand ne répondit pas et pensait qu'il aurait mieux valu que son fils soit devenu médecin et eût appris son métier d'*hombre* plutôt que de faire de l'ébénisterie et surtout de la politique !

*

Six mois plus tard, une ravissante fillette, Roxy, naquit à l'ambassade, la veille de Noël 1946.

Après y avoir vécu quelques mois, le jeune couple loua trois chambres sous les toits. C'est là que devait naître l'année suivante la jolie petite Lola. Dix ans plus tard, ils déménagèrent dans un vrai quatre-pièces, en prévision de la naissance d'un troisième enfant.

« Cette fois-ci tu dois nous donner un petit couillard. N'est ce pas, Isabelita ? » dirent en chœur les grands-pères.

Jusqu'à présent elle s'était occupée de sa maisonnée, des repas, du linge. Ces travaux journaliers ne lui déplaisaient pas, mais maintenant elle éprouvait le besoin de travailler et de sortir de chez elle. Isa confia donc ses filles à une nounou et ne tarda pas à trouver un travail agréable et bien rémunéré dans les beaux quartiers habités par les amies de l'ambassadrice. Elle ne revenait qu'en fin d'après-midi préparer le dîner pour les petites et pour Jean qui n'arrivait que vers 21 heures. Certains soirs, Isa rentrait épuisée. Jean l'aidait alors dans les travaux domestiques et parfois préparait un repas qu'il réussissait mieux qu'elle. Aussi, le dimanche, c'était toujours lui le Grand Chef au grand bonheur et aux applaudissements de toute la maisonnée.

Dès leur naissance, Jean avait aidé Isabelita à s'occuper des fillettes, préparant les biberons, les baignant, leur apprenant des mots.

« Derrière ton enveloppe de macho, tu caches une âme délicate et sensible. Sous ta rude écorce vibre un cœur tendre et passionné », aimait à répéter sa femme.

Ces compliments sucrés/moqueurs de sa femme flattaient/agaçaient Jean qui réagissait en faisant des provocations ironiques :

« Je ne suis que ta jeune fille au pair. Tu me flattes pour ne pas payer mes gages », répondait-il sur un ton faussement bourru.

Il se souvenait de son ancien père préfet disant à son père :

« Faites attention. Votre petit Jean est un volcan recouvert d'une mer de glace. »

C'est ainsi que le temps passe mais que les métaphores restent et ne font que changer d'habits.

Petites, les deux filles suivaient père et mère en gambadant sur les chemins de campagne. En grandissant, elles se mirent à rêver de plages sablonneuses, de mers lisses et de pays ensoleillés décrits dans les romans roses et sirupeux qu'elles lisaient.

Leur père s'efforçait, en vain, de les initier aux grands textes. Elles demeuraient rébarbatives, hostiles, se plaignant qu'il cherche toujours à leur imposer sa manière de sentir et de penser :

« Papa, tu es trop directif, de plus en plus directif », protestaient-elles en s'éloignant et en arborant un air de complète indifférence.

« Les filles, vous savez, c'est difficile… c'est difficile », confiait Jean à son beau-père.

Il était temps qu'un garçon naisse.

Plus tard, grâce à l'héritage de Jean dont le père venait de décéder, ils purent acheter un plus grand appartement. Peut-être parce que la nature a horreur du vide, le petit garçon tant attendu, Alain, ne tarda pas à y naître sans crier gare.

« Quel dommage que grand-père Ferdinand ne soit plus parmi nous », disait toute la famille.

Isabelle, sa veuve, toute de noir vêtue, une coupe à la main, les consola en leur assurant qu'il les regardait du ciel en buvant avec eux son champagne préféré.

Les deux filles prenaient systématiquement le contre-pied de toutes les affirmations dogmatiques de leur père. En revanche, elles partageaient toutes les croyances d'Isa, bien que les sentiments éprouvés à son égard ressemblent plus à une tendre indulgence qu'à de l'amour admiratif. C'est ainsi que pour lui faire plaisir elles fréquentèrent assidûment leur paroisse, participèrent aux pèlerinages de Chartres et de Saint-Jacques-de-Compostelle, s'inscrivirent à la catho et aux Hospitaliers de Lourdes. Portant ostensiblement croix et médailles saintes, elles observaient strictement le carême et, bien que l'Église ait assoupli les lois du jeûne, refusaient toute viande le vendredi.

« Vous êtes plus papistes que le pape », leur lançait leur père.

Tout en éprouvant encore de la méfiance vis-à-vis de ces religions qui avaient enfanté des guerres, des inquisitions et des fanatismes, Jean de Dieu s'était peu à peu découvert un regard moins intolérant, se persuadant qu'il fallait laisser à chacun la possibilité de choisir son destin. Il conservait ses convictions, mais acceptait maintenant sans maugréer les opinions de ses enfants concernant le mariage religieux et le baptême.

Son propre chemin, néanmoins, lui semblait clairement tracé. Le sentier qui menait jadis à l'Église de Moscou à travers la neige immaculée de son idéologie était à présent couvert de boue et de sang. Mais le mythe communiste avait du moins l'avantage de ne pas prétendre à la perfection divine. Ce n'était, après tout, qu'une histoire d'hommes. Jean avait décidé de poursuivre sa route et de ne pas s'en laisser conter. De toute façon l'énigme de la vie lui paraissait insoluble. Ainsi soit-il.

Isabelita insistait pour dire le bénédicité à tous les repas et réciter le chapelet tous les vendredis de carême. Quand ils étaient seuls, Jean la suppliait de ne pas jouer à la servante au rosaire, mais il se laissait faire devant les enfants, tout en pensant silencieusement à tante Alice. Il revoyait Tibéria, à la fois fidèle et rebelle, plumant son oie sans cesser de réciter le rosaire conformément aux injonctions du père Amédée.

Isabelita tanguait entre ses filles et son mari. Chérissant les unes, aimant l'autre, elle s'efforçait de tout concilier. Elle se sentait à mille lieues des jugements étranges de son Jean. Tout en lui faisant totalement confiance, elle trouvait parfois difficile d'accepter certaines de ses lectures et de ses paroles poético-philosophiques. Au début, elle l'écoutait lire à voix haute, simplement pour lui faire plaisir. Sa voix s'élargissait, s'approfondissait, soutenue par tout le poids de ses paroles convaincantes. Elle découvrait ainsi l'extrême acuité, la grande délicatesse de sa pensée. Elle en était bouleversée. Mais, le plus souvent, pelotonnée au fond d'un fauteuil, elle cessait de l'écouter. Elle fixait ses mains avec intensité. La vieillesse et ses marques brunes sur la peau l'impressionnaient, absorbaient totalement son regard et sa tête. Une amie lui avait dit un jour qu'on leur donnait le joli (?) nom de « fleurs de cimetière ».

« Quelle horreur ! » avait crié Isa, qui s'accrochait de toutes ses forces au souvenir de la belle coloration de leur peau juvénile.

La vieillesse l'impressionnait. Elle annonçait la mort toute proche. Comment se présenterait-elle, cette mort ? En amie, en ennemie ? Cette mort mystérieuse, enveloppée de nuages sombres, que voulait-elle exprimer ? Quel sens avait cette vie si vite terminée ? Quel sens avait cette vie si rétrécie ? Par instants, quelques-uns des mots de Jean au sens et à la grammaire bizarres se mettaient à résonner dans sa tête. Inconsciemment, sans savoir pourquoi ou comment, elle les oubliait pour ne conserver que les phrases qui parlaient à son cœur d'évasion et d'envol... Certains jours, la séance de lecture durait plus d'une heure. Alors elle fermait les yeux.

« Tu ne m'écoutes plus, grondait-il.

— Mais si, mais si... mais j'entends mieux les paroles les yeux fermés. »

Et pour le rassurer, elle lui répétait quelques vers d'un poème dont elle se souvenait :

Chant mien,
chante avant de chanter ;
donne à qui te regarde avant de te lire,
ton émoi et ta grâce.

Le sourire enchanté de Jean valait alors toutes les récompenses.

« C'est de Juan Ramón Jiménez », disait-il, en appuyant sur chaque syllabe du nom et en clignant les yeux de plaisir, comme un chat gourmand.

Le temps passait.

Chapitre 6

Les filles, le fils, les gendres

Les difficultés, voire les accrochages, commencèrent avec les enfants. Jean essayait de faire face.

Un père ? Comment fonctionne ce mot ? En s'opposant à mère et à enfant. Comme mari versus femme et famille ? Ou bien circonférence encerclant le centre ? Ou encore comme le Père, le Fils et le Saint-Esprit ? Alors, tout serait Trinité ? Bien sûr. Bien sûr ? Et dans ce cas quelle sorte de bien sûr ? Un bien sûr de modestie ? Un bien sûr rassurant ? Un bien sûr agressif ?

Après l'éloignement de leurs enfants, Jean essayait de consoler sa femme. Isa l'écoutait sans conviction en secouant la tête.

À dix-huit ans, Roxy avait obtenu une mention bien au bac et s'inscrivit à la faculté des sciences pour préparer une licence. En mai 1968, Paris faisait la révolution. Un peu partout, de grandes réunions s'organisaient, où les gens n'en finissaient pas de discuter encore et encore. À la Sorbonne il y avait foule et les portes qui claquaient de toutes parts n'arrivaient pas à couvrir la tempête de paroles. Les soixante-huitards faisaient la fête déménageant d'un lieu à l'autre à toute heure du jour et de la nuit. C'était une joyeuse mascarade où soufflait une tornade de totale liberté qui construisait en détruisant. Roxy et Lola qui avaient respectivement vingt-deux et vingt ans participèrent à fond à ce qu'elles appelaient ce « mouvement de libération » qui mettait les choses à plat et préparait un monde neuf, alors que leur père préférait le terme de « chienlit » choisi par le Général.

Lola, la plus militante, emmenait parfois son petit frère, Alain, âgé de huit ans, pour l'initier au *Monde futur.* Ses parents le surprirent un jour en train de balayer les escaliers de la Sorbonne, en attendant la victoire finale. Ce fut à l'occasion de cette révolution festive que Lola rencontra Pierre, un soir, à l'Odéon. À Pierre, qui deviendrait trois ans plus tard son mari, Lola dit en riant qu'il ressemblait à un marquis à perruque poudrée de Quentin de La Tour. Elle trouvait étonnant ce jeune homme à l'air aussi distingué qui vociférait comme un sans-culotte.

Les deux filles, de plus en plus rebelles (d'après leur père), indépendantes (d'après leur mère) avaient quitté le domicile familial et décidé de continuer leurs études à Marseille. Voici pourquoi et voici comment.

Pour échapper à la passion de leur père qui les conduisait, inévitablement, vers Cerbère et l'austère

Sud-Ouest, Roxy décida de fréquenter l'été la côte d'Azur, plus *rigolote*. Aussi partit-elle dans un camp de vacances près de Cassis avec Lola qui venait de terminer ses études. C'est là que le hasard, ou un mystérieux destin, leur fit retrouver dans un petit bistrot Pierre et son ami Hassan Damarhan. C'était un jeune Égyptien appartenant à une grande famille musulmane qui terminait ses études de médecine à Marseille et voulait ensuite préparer une maîtrise de biologie à Luminy pour devenir chercheur.

Ce soir-là, tous les quatre allèrent dîner à la baie des supions. Le lendemain, Hassan les emmena visiter le chantier de la faculté et de la résidence universitaire situées au-dessus des calanques de Marseille. Roxy avait depuis toujours été intéressée par la science et, étrange coïncidence, par la médecine de l'Égypte des pharaons. Petite, elle s'était promis de voir un jour les Pyramides et tous les vestiges de cette surprenante civilisation qui remonte à trois mille ans avant notre ère. Elle se sentit par conséquent doublement attirée par Luminy et ce bel Égyptien, et décida donc avec sa sœur de continuer ses études à Marseille au lieu de Paris.

Enchantées de leur séjour, elles décrivirent en détails à leurs parents le charme de la vie et des habitants dans le Midi, le pittoresque palpitant de Marseille et de son Vieux Port. Elles n'en finissaient plus, se relayant pour raconter des histoires drôles.

« Tu sais, papa, partout là-bas, Pagnol est toujours vivant. »

Elles insistèrent particulièrement sur le centre d'excellence qui se créait à Luminy. Il comprenait une faculté des sciences et des laboratoires de recherche.

« Il y aura aussi une faculté de sociologie qui m'intéresse, puisque je voudrais m'orienter vers ce genre d'études », ajouta Lola.

« Mais pourquoi Marseille ? » demanda leur père ?

Elles expliquèrent alors à leurs parents médusés que les étudiants pourraient habiter dans une magnifique résidence à Luminy même et que de nombreuses bourses seraient distribuées à la fin de leurs études. Les travaux étant en voie d'achèvement, elles pourraient s'inscrire pour la prochaine rentrée. Elles proposèrent à leurs parents d'aller tous les quatre à Noël visiter Marseille et Luminy.

C'est ainsi que les deux filles quittèrent le domicile familial l'automne suivant pour faire leurs études dans le Midi et qu'Isa put taquiner son mari :

« Alors, espèce de vieux bolchevique, sans doute tu ne regrettes pas que tes deux filles aillent à Marseille au lieu d'être en train de faire la révolution à Paris. »

Leur père, cependant, continuait de se demander pourquoi Marseille.

L'explication vint un peu plus tard. Roxy téléphona un jour à sa mère :

« Dis à papa que nous serons là la semaine prochaine et que nous ne viendrons pas les mains vides. »

Les parents ne devaient pas tarder à comprendre le sens de ce message ésotérique : Roxy et Lola arrivèrent avec leurs fiancés, Hassan et son ami Pierre.

Hassan, dont la famille appartenait à une secte de soufis, aimait les discussions théologiques, surtout celles concernant les trois monothéismes. D'après lui, christianisme et islam étaient des schismes tardifs du judaïsme, la religion fondatrice du monothéisme. Le peuple juif lui-même n'aurait fait qu'emprunter à Akhenaton * l'idée d'un Dieu unique. La trop grande puissance des prêtres d'Amon portait atteinte à l'absolutisme du pharaon Aménophis IV qui prit le nom d'Akhenaton et fonda une nouvelle capitale, connue sous le nom de Tell el-Amarna. Mais l'hérésie amarnienne ne survécut pas à son fondateur, et son successeur Tout-ankh-Amon devait rétablir le culte d'Amon.

Hassan évoquait comment Freud, dans *Moïse et le monothéisme,* affirmait que Moïse n'était pas juif d'origine mais l'enfant illégitime de la fille du pharaon qui l'aurait confié à des parents adoptifs juifs. D'ailleurs son nom, Moses (comme Ra-Moses, Tout-Moses...) serait un nom typiquement égyptien.

Après être devenu général en chef, Moïse fut banni pour avoir tué un officier qui battait un esclave juif. Il serait alors parti d'Égypte à la tête des esclaves juifs et de la tribu des Lévites, devenus

---

* Les dates (1372 - vers 1379) qui concernent la fin de la dix-huitième dynastie ne sont pas établies avec certitude.

les prêtres de la religion d'Aton, pour les ramener en Israël. Lui-même n'atteindra pas la Terre promise.

De manière encore plus originale, Freud avance que Moïse aurait été victime de l'éternel drame « œdipien », le parricide des pères tyranniques par des fils révoltés partagés par le double désir de tuer leur père pour épouser leur mère.

Pour ce psychanalyste, avant que le sang d'Œdipe ne soit versé par Sophocle dans un théâtre d'Athènes, il avait coulé pendant des millénaires dans les cavernes. À l'origine, le père a bien été assassiné, puis dévoré par l'homme préhistorique. Ses descendants, marqués d'une empreinte indélébile, ne font plus qu'en rêver. Le peuple juif aurait commis le même crime sur la personne de son chef, puis, hanté par ce père assassiné, en aurait fait son prophète.

Très tolérant, Hassan avait un grand respect pour la religion juive qui situe son accomplissement dans le futur. Il disait que les juifs sont poussés vers l'avant parce qu'ils attendent toujours leur Messie, contrairement aux chrétiens et aux musulmans à qui l'Évangile et le Coran sont déjà parvenus. D'après lui, les Grecs aussi, à leur façon, étaient figés. Pour Hassan, le prophète Mahomet n'était pas surhumain mais totalement humain. C'est pourquoi il considérait que le Coran était la parole d'Allah et non celle du Prophète.

Hassan avait un extraordinaire talent de raconteur. Il pouvait tenir son auditoire en haleine aussi bien avec des histoires drôles – vécues ou inventées de toutes pièces – que par des exposés érudits dans tous les domaines. Il aimait séduire en général et plus particulièrement les deux jeunes filles. Bouche bée, elles l'écoutaient expliquer comment les Arabes utilisent un cercle pour écrire le chiffre cinq et un point pour le zéro *. Il avouait parfois que ce fabuleux zéro qui est à la fois tout et rien en réalité a été inventé par les Indiens et pas par les Arabes.

À propos du zéro, il leur raconta comment le conseil municipal de Florence décida en 1229 que les sommes d'argent devaient être écrites en toutes lettres pour empêcher les faussaires de transformer facilement le 0 en 6 ou en 9 en lui ajoutant une petite queue. Quant à tous ceux qui ne savaient pas écrire les lettres, mais seulement les chiffres, ils pouvaient utiliser la numérotation romaine qui ne possède pas le fameux zéro mais seulement des I, des V, des X, des C et des M (pour un, cinq, dix, cent et mille) faciles à distinguer.

À Lola qui lui disait qu'elle n'avait jamais rencontré un pareil talent de raconteur Hassan répondit qu'il n'était que le modeste disciple de son oncle Omar, celui qui dirigeait la fameuse secte soufi, dont Pierre leur avait parlé.

« Mon oncle Omar vient d'arriver à Paris où il restera quelques mois car il doit y subir une opération. Il m'a téléphoné ce matin. Il était tout excité

---

* Le mot *chiffre*, qui peut signifier « secret », vient du mot arabe *sifr* qui viendrait de *zéphyr* et aurait donné aussi le mot « zéro ».

et, sans prendre la peine de me dire bonjour, il s'est mis à me raconter la conversation de deux péripatéticiennes qu'il venait d'entendre en traversant la rue Saint-Denis. : “Alors, ma chérie, comment a été ta journée ? – J'ai dû monter une vingtaine de clients à ma chambre du cinquième étage. – Pauvre chérie, comme tu dois avoir mal… aux jambes.” Je suis complètement rassuré, continua Hassan en se frottant les mains. Mon oncle n'a pas changé. Nous allons revivre d'excellents moments comme dans le passé. »

Hassan se réjouissait à l'idée de leur présenter bientôt son oncle Omar qui avait fait sienne la devise du club des Excentriques britanniques :

« Bienheureux les fêlés parce qu'ils laissent passer la lumière. »

Pour les « acclimater » à cette prochaine rencontre, il se mit à leur décrire la famille d'Omar en leur racontant une série d'histoires, incroyables mais vraies, les concernant. Ils apprirent ainsi qu'au début du XIIIe siècle un de ses ancêtres, d'origine mongole, avait fondé une secte de soufis. Il s'appelait Timour Khan, mais son nom fut transformé en Damarhan par un descendant qui s'établit en Égypte trois siècles plus tard. Hassan leur parla ensuite de son extraordinaire grand-mère. Elle était devenue le chef de sa secte qui avait toujours été dirigée auparavant uniquement de père en fils par des hommes. Ce n'est qu'au début du XXe siècle que son arrière-grand-père Mouktar, n'ayant pas eu de garçons, décida qu'à sa mort ce serait une femme, l'aînée de ses filles, qui lui succéderait. Ce fut ainsi que Cœur du Secret, la mère de l'oncle Omar, présida et préside toujours la secte.

Bien qu'à une plus petite échelle que la famille de l'Aga Khan, les Damarhan s'étaient considérablement enrichis grâce aux donations de leurs nombreux et riches fidèles. Ceux-ci, comme jadis nos Templiers, avaient abandonné les armes et pratiquaient une rapine plus efficace : le commerce d'une religion. Notons que, contrairement aux Templiers dont le destin se termina très mal sur une île de la Seine, Cœur du Secret et ses enfants vivaient au Caire dans un palais situé au bord du Nil.

Elle avait doté son pays d'une des deux facultés de médecine de la capitale et de nombreux actes de bienfaisance car elle était très généreuse de nature. En revanche, elle avait donné l'ordre de régler tous les achats de ses garçons mais de ne leur donner que cinquante livres par mois d'argent de poche. Ainsi ses fils pouvaient se faire régler sans problème des lunettes de luxe coûtant deux cents livres, ou même une Jaguar, tout en ayant à peine de quoi payer l'essence et le cinéma. De toute évidence il fallait résoudre cet épineux problème, d'autant plus que le chef comptable, qui tenait à garder sa place, était inflexible. Ce fut cependant lui, comme cela arrive souvent dans les systèmes totalitaires, qui chuchota à l'oreille d'Omar la solution de ce que tous avaient convenu d'appeler « la quadrature du cercle ».

« Comme vous le savez, Madame votre Mère casse ou perd tout le temps ses lunettes. Il faut que vous et vos frères prétendiez casser ou perdre des lunettes chaque semaine. Je me suis arrangé avec l'opticien pour qu'il m'envoie des fausses factures. Il y trouvera son compte et vous serez au large. »

*

Hassan avait confié à son oncle le secret de son amour et lui avait suggéré de venir à Marseille.

« Je préfère ne pas voyager en ce moment et surtout ne pas prendre l'avion. Puisque tu me dis avoir le projet de venir rencontrer les parents de Roxy à Paris, je te charge de les inviter tous de ma part et de venir avec vos fiancées déjeuner à mon hôtel. »

C'est ainsi que quelques semaines plus tard tous les six rendirent visite à Omar au Georges V.

Hassan fut tout étonné de constater combien son oncle avait changé physiquement.

« *Mabrouk, mabrouk*. Toutes mes félicitations. Tu as dû perdre une trentaine de kilos.

— Vingt, à la suite de mon opération. Vingt seulement, mon neveu. Soyons modestes. »

Omar se mit à leur décrire en plaisantant tous ses malheurs. Il était venu à Paris consulter un très grand chirurgien dans un service hospitalier de réputation mondiale et se faire remplacer une valvule cardiaque défectueuse. Remis de l'opération et devant aller à Londres, il se rendit à Orly pour prendre l'avion.

« Au moment où je passais à mon tour, le portique se déchaîna et se mit à sonner violemment. J'avais cependant vidé toutes mes poches et enlevé ma ceinture. On finit par découvrir l'explication de cette sonnerie mystérieuse. Lors de mon opération, le chirurgien, ayant appris que j'étais musulman, ne m'avait pas greffé l'habituelle valvule cardiaque de porc. Cet animal est histocompatible à l'homme (ne dit-on pas qu'en chaque homme sommeille un cochon ?) mais interdit par l'islam. Sachant cela le professeur avait mis à la place une valvule métallique ! Le plus drôle est que j'adore le jambon et qu'à l'hôpital, tout en ne me plaignant pas, je regrettais de recevoir à la place une cuisse anémique de poulet que je déteste. »

Jean demanda à Omar qui avait l'intention de s'installer définitivement à Paris si son pays ne lui manquerait pas trop et pourquoi il se plairait plus en France qu'en Égypte :

« Est-ce pour des raisons d'argent ? Avez-vous été complètement ruiné par la révolution nassérienne ? »

Omar ne parlait jamais de lui à la première personne et remplaçait tous ses « je » par des « on ». En cachette ses neveux l'appelaient le « Roi des Ons ».

« On ne peut pas se plaindre, répondit-il.

— Vous venez pour fuir le régime ?

— On ne peut pas se plaindre.

— Pour la cuisine de France ?

— On ne peut pas se plaindre de la cuisine d'Égypte.

— Alors pourquoi voulez-vous venir en France ?

— Parce qu'en France, monsieur, on peut se plaindre de tout. »

Comme à son habitude Omar n'avait pu résister à faire le comique. Hassan disait « à faire le Pierrot ».

Le déjeuner terminé, ils partirent ensemble. Dans la voiture, Pierre et Lola, après avoir abondamment remercié Hassan de leur avoir fait rencontrer son oncle lui demandèrent pourquoi personne ne parlait du mari de Cœur du Secret, le père de ses trois enfants ? Était-il mort peu après leur naissance ?

« Très bonne question. En effet les enfants n'avaient conservé aucun souvenir de ce père mystérieux dont on ne parlait jamais. Les années passèrent, puis un beau jour… »

Hassan s'était tu. Après un moment de silence, il reprit :

« Son conseiller avait suggéré à Cœur du Secret de louer pour ses fils une garçonnière dans le plus bel immeuble du Caire… Dans ce temps-là notre religion était libérale… surtout chez les riches. Mais pas seulement… Bref, un beau jour le portier de ce célèbre immeuble vint porter à Omar un message de la part d'un voisin. Il s'agissait d'un monsieur âgé, un juge très respectable, qui voulait lui parler. Mon oncle alla donc sonner à sa porte.

Il fut chaleureusement accueilli et emmené dans une pièce remplie de livres et d'objets de toutes sortes : un microscope, de petits animaux empaillés, etc. Sur le bureau il y avait une théière, deux tasses et des gâteaux. “On m'a dit que tu es gourmand, mon fils. Tu permets que je te tutoie car je suis votre père, à toi et tes frères. Comme c'est amusant que vous fréquentiez l'immeuble où j'habite depuis une trentaine d'années.” C'est ainsi qu'Omar fit la connaissance de ce père inconnu, son voisin, qu'il quitta en promettant de revenir le voir souvent. Le lendemain le portier de l'immeuble vint de nouveau frapper à la porte d'Omar. C'était pour lui annoncer que monsieur le juge était mort dans la nuit. »

*

Ce fut Roxy qui se maria la première. Elle épousa Hassan en 1970, et, pour lui faire plaisir, changea de nom et s'appela Farida, qui en arabe veut dire l'« unique ». Comme prévu, leur voyage de noces se passa en haute Égypte et c'est à Louxor que fut conçu le fils qui naquit neuf mois plus tard. Il fut nommé Fakhry, ce qui signifie à peu près « mon orgueil ».

Lola épousa Pierre l'année suivante. Ils eurent trois enfants, deux filles, Elena et Janina, et un fils, Clément. Ce petit Clément avait totalement séduit sa grand-mère qui le nommait « la prunelle de ses yeux » et le trouvait aussi beau que Gérard Philipe, son héros romantique. Le mari de Lola, légèrement chauve et moins beau parleur que Hassan, était le préféré d'Isabelita. Bien que ses deux gendres lui soient proches, elle proclamait haut et fort que Pierre avait un cœur d'or et qu'il était toujours heureux de rendre service. En revanche il arrivait parfois à Jean de trouver ses gendres trop conciliants, et prêts à se laisser conduire par leur épouse ; il leur en faisait souvent la remarque.

« C'est l'homme qui doit être le guide », affirmait-il avec force.

Il maugréait souvent contre Pierre et disait à sa femme :

« Un Français ! Elle aurait pu épouser un Espagnol. »

Isabelita à son tour aimait le taquiner en lui rappelant son intolérance à l'égard des Arabes et des musulmans.

« Jean, je ne te conseille pas de discuter avec tes filles, tu sais ce qu'elles pensent de ton racisme et de ton impiété.

— Je sais. Oh, oui ! Je sais. »

À la moindre objection, Lola et Roxy se dressaient devant lui pour lui reprocher d'avoir mené Isabelita par le bout du nez. Quant à elles, il n'était absolument pas question de leur imposer la même voie :

« Papa, tu ne vas pas encore t'introduire dans nos vies ? » disait Roxy.

Il reculait devant leurs refus catégoriques, puis timidement :

« Je suggérais simplement qu'un peu plus d'engagement de la part de vos époux vous rendrait la vie plus facile.

— Papa, ne te mêle de rien, s'il te plaît, reprenait Lola. Tout se passe bien chez nous. »

Jean, qui avait toujours assumé toutes les responsabilités et cherché à prendre seul toutes les décisions, prenait conscience que les temps avaient changé.

Tout en éprouvant un besoin de croire à certains dogmes Jean tenait à ses propres convictions. Au cœur de toutes ces contradictions, en équilibre instable, il se tenait quand même debout. Il assurait que même face à la mort il en donnerait la preuve.

Isabelita comprenait mal ses choix politiques ou littéraires, surtout sa manière (il disait « œcuménique », elle pensait « hétéroclite ») de mêler les poètes sacrés aux profanes.

« Tout coule de la même source, lui disait-il. Tout est interrogation.

— Mais ne cherches-tu jamais de réponse ? lui demandait-elle.

— La question doit rester ouverte. C'est bien mieux ainsi !

— Je ne te comprends pas. À quoi sert de se poser des questions si celles-ci se cognent toujours à un mur ?

— Sans murs, ce serait le vide. L'énigme, le mystère de la vie me suffisent.

— Où va-t-elle cette vie ?

— Isabelita, es-tu capable toi-même de me donner une réponse ?

— Oui. Celle de la religion.

— Dieu m'est étranger. Ce Dieu que chacun brandit persuadé d'être dans son droit. Ce Dieu qui divise, choisit, dresse les uns contre les autres.

— Et le Christ ?

— Je l'aime bien. Il était amour.

— C'était le fils de Dieu.

— En es-tu certaine ? Personnellement j'en doute. Par contre je suis sûr qu'il est le grand-père de Marx.

— Ton communisme s'est effondré en moins d'un siècle, alors que…

— Non, mon communisme est seulement parti en voyage. Il reviendra. Les gens aiment croire à tout ce qui est magique comme le prouve l'histoire de la corde du fakir. »

Jean, pour provoquer sa famille superstitieuse, avait souvent raconté comment, jadis, les touristes qui revenaient des Indes disaient avoir assisté à un tour de magie extraordinaire. Un fakir lançait une corde en l'air sur laquelle grimpait un jeune homme qui disparaissait de leur vue… Alors, le magicien, avec un énorme couteau dans la bouche, grimpait sur la corde et disparaissait à son tour. S'ensuivait une terrible bagarre qu'on entendait sans la voir et des membres ensanglantés, une tête, un torse, tombaient sur la scène. Réapparaissait ensuite le magicien qui redescendait de la corde pour ramasser avec tristesse toutes les parties et les placer dans un grand panier. Il demandait alors au public de se joindre à lui et de prier pour cette pauvre petite victime. Sur quoi, deux minutes plus tard, le garçon ressuscité et en pleine forme sautait hors du panier. Des milliers, peut-être des millions de personnes au cours des siècles ont cru et raconté avoir été témoins de ce grand spectacle. En 1875, Lord Northbroke offrit dix mille livres sterling et, en 1930, le *Times of India* dix mille roupies à quiconque pourrait exécuter ce tour ! Depuis, de nombreuses autres récompenses furent aussi promises mais aucune somme n'a jamais été réclamée. Néanmoins, beaucoup de personnes sont persuadées que ce tour a été réalisé. Un tour magique (et peut-être un miracle), est-ce autre chose que la création d'une fausse croyance à laquelle on adhère sincèrement ?

« Et votre religion, ajoutait Jean en s'adressant à ses femmes, ne serait-elle pas aussi un tour de magie ? Et ne serez-vous pas dépitées un jour de découvrir que "l'empereur n'est même pas nu" puisque ses vêtements sont vides ! »

Il terminait en concluant que les Anciens attribuaient le tonnerre et les éclairs aux querelles des dieux et la Nature retrouvait ainsi sa place d'une manière étrange mais merveilleuse.

Isabelita, qui avait toujours flotté entre, d'une part, l'incroyance de son époux et de son fils et, d'autre part, la foi de ses filles, se surprenait parfois à sourire et à se murmurer :

« Décidément nous ne saurons jamais ce que pensent nos propres enfants. »

Célibataire endurci, son fils Alain ne comprenait toujours pas pourquoi le *sacro-saint mariage* était la seule solution envisageable par sa famille. Refusant ce formalisme il avait toujours voté pour la liberté. Il vivait depuis bientôt cinq ans avec une certaine Marion, une jeune groupie. Ensemble le couple avait quand même réussi à « pondre », *dixit* Jean, le beau, talentueux et gentillissime petit Marc. Ce petit-fils passait ses vacances et de nombreux week-ends chez ses grands-parents où il était régulièrement déposé puis repris par différentes personnes, mais jamais par Alain qui avait choisi de rompre les ponts.

« Alain a toujours été dominé par les femmes que ce soit ses sœurs ou ses "épouses" », disait son père.

Puis il ajouta :

« Bientôt on ne parlera plus avec nos enfants, ou avec les uns des autres qu'à la troisième personne.

— Que veux-tu dire ?

— Nous allons devenir des "ils" et des "elles" les uns pour les autres.

— Quoi ? Nous cesserons d'être des Hassan et des Pierre, des Roxy et des Lola, des papa et des maman ?

— Oui. »

Isabelita ne disait plus rien. Elle avait l'extrême avantage de ne pas voir le temps passer. En revanche elle se rappela son ébahissement et sa totale surprise le jour où sa fille lui avait appris qu'elle voulait épouser Hassan et devenir musulmane. Elle en parla à Jean qui sourit et lui dit qu'il se doutait bien que, comme sa sœur, il y avait belle lurette qu'elle avait dû jeter son bonnet par-dessus les moulins.

Il ajouta :

« As-tu oublié, ma chérie, que nous-mêmes avions donné, comme disaient nos belles-mères, un coup de canif au sacrement du mariage ? »

Sa femme opina de la tête en silence tout en se demandant si, pour se réconforter, elle ne devrait pas rechercher le soutien de l'Église.

*

Après l'éloignement de leurs enfants, Jean essayait de consoler Isa en lui disant :

« Plus on vieillit plus on oublie les autres et plus les autres vous oublient. Aucune cellule du foie ne se sent responsable de la cirrhose du foie comme aucun des flocons de neige ne se sent responsable de l'avalanche. De même aucun parent… aucun enfant… n'est responsable des avalanches familiales. »

Sans chercher à comprendre les paraboles et les métaphores de Jean, elle se disait :

« Les enfants disparus, il me restera toujours mon mari. »

Aussi l'idée de pouvoir le perdre à jamais n'était pas tolérable. Rien qu'à cette pensée tout s'ébranlait en elle. Le calme, l'assurance tranquille de Jean lui manqueraient à en périr. Lui, qui se proclamait hyperactif de type A, essayait de la rassurer, mais Isabelita, bien qu'en apparence beaucoup plus calme que lui, était une grande anxieuse. Pour la tranquilliser, il tâchait de la convaincre de ne pas avoir peur de l'anxiété car elle peut jouer un rôle positif. Sans l'anxiété, l'artiste créerait-il ? On peut en douter. Mais, attention. L'anxiété peut être nocive ou positive. Elle peut aussi bloquer l'inspiration. Elle peut dresser un mur ou donner les moyens de le franchir. L'anxiété est un amas de nœuds, une pelote de ficelle ou une libération qui tranche, dénoue et crée.

Il lui répétait aussi sans cesse :

« Jeune, on avance en bougeant à peine. À partir d'un certain âge, la vie devient un tapis roulant qui s'est inversé et sur lequel il faut marcher de plus en plus vite pour ne pas reculer. »

Lui-même, jusqu'à présent, n'avait jamais pris de médicaments. Peut-être tout au plus deux ou trois tubes d'aspirine. Mais à soixante ans il décida qu'il avait atteint le temps de se faire ravaler. En dix-huit mois tout y passa : prostate, cataracte, prothèse de la hanche, hernie. Sa femme lui disait qu'il avait pris goût aux opérations. C'était d'ailleurs vrai. Chaque fois, la veille dans le silence de la clinique, il profitait de cette tranquillité pour passer en revue sa vie. Sa chambre d'hôpital devenait une cellule de moine.

Le temps passait.

Chapitre 7

Du Louvre à l'hôpital

À l'origine c'était Suzanne qui avait recommandé à Jean d'aller au Prado voir le *David et Goliath*. La fréquentation des peintres qui venaient à l'époque à l'imprimerie de MLG avait rappelé à Jean de ne pas oublier les Caravage qui se trouvaient à Paris. Lors de sa première visite au Louvre, il s'était longuement arrêté devant les tableaux de *La Diseuse de bonne aventure* et celui de *La Mort de la Vierge*. De retour chez lui il s'était mis à dévorer la biographie du peintre. Sa vie violente et criminelle le passionna. À peine sorti de prison, le Caravage blessa un homme et pour échapper aux poursuites se réfugia à Gênes. Il mourut en 1610 dans des conditions mystérieuses. Bien que mort jeune et malgré sa mauvaise réputation et sa vie pleine d'aventures sulfureuses, le Caravage laissait d'innombrables chefs-d'œuvre religieux remplissant les églises de plusieurs pays. Loin d'être un peintre mineur, il fut l'inventeur du clair-obscur et le père de plusieurs générations de géants dont

Velázquez, Zurbaràn, Rubens, Rembrandt, Vermeer, pour ne citer que les plus connus.

Jean continua à visiter régulièrement le Louvre avec sa femme certains dimanches. Ils saluaient au passage la *Maja desnuda* de Goya, avant d'aller retrouver le Caravage, son jumeau, dont les passions dévorantes se terraient en un lieu secret. Jean disait que cette œuvre éclatante d'ampleur et d'une générosité dont seuls les bandits d'honneur sont capables multipliait son goût de vivre, tout en lui faisant éprouver une profonde nostalgie. Il se demandait parfois si lui-même ne devrait pas s'emparer d'un pinceau pour se créer un monde à part, rien qu'à lui. Mais risquer d'adopter une route de hasard sans être sûr de posséder ce volcan intérieur indispensable à l'artiste l'effrayait. Comment se débarrasser de ses devoirs quotidiens ? Comment se débrouiller pour faire vivre les siens ? Jean avait toujours aimé être responsable de tout et de tous. Pour cela il lui fallait être présent et capable de tous les sacrifices.

« On ne vit qu'une fois. Comme c'est dommage. Comme c'est dommage », se répétait-il avec une nostalgie certaine.

Quant à Isa, c'était *La Mort de la Vierge* qu'elle aimait voir et revoir. Profondément émue, elle contemplait longuement le corps arrondi de cette maman qui abritait l'Enfant Dieu. Jean n'osait pas lui raconter que le ventre de cette femme avait suscité chez les contemporains du peintre les potins les plus macabres : le cadavre d'une prostituée enceinte retrouvée noyée dans le Tibre aurait servi de modèle au Caravage. D'aucuns prétendaient même que cette femme se serait suicidée après avoir été abandonnée par lui. D'autres parlaient même d'assassinat parce que le *petit Jésus* qui dormait dans son ventre serait l'enfant du peintre. Certains comiques faisaient des plaisanteries d'un goût douteux : le Caravage se prenait maintenant pour le Saint-Esprit !

Jean et Isa avaient profité de leur voyage de noces pour visiter les villes où se trouvaient les œuvres de leur peintre préféré. Ils découvrirent ainsi à Vienne et à Rome une demi-douzaine de têtes coupées : deux Jean-Baptiste, un Holopherne, et deux Goliath (Prado, Vienne). Curieusement, leur visite au palais Borghèse de Rome (où se trouvait le Goliath décapité) coïncida avec le tragique assassinat de Pasolini sur la plage d'Ostie, dont parlaient tous les journaux.

*

À seize ans, Jean était tombé en arrêt devant le portrait du jeune Bacchus qui semblait être son frère jumeau. Au fur et à mesure que les années passaient et qu'il avançait en âge Jean commençait à ressembler de plus en plus aux autoportraits du peintre devenu vieux. À une époque où Jean avait une soixantaine d'années il redevenait le jumeau d'un Caravage mort à trente-neuf ans ! À un âge où le Caravage aurait dû déborder de jeunesse, il avait déjà une tête de vieillard. Ainsi les autoportraits du peintre semblaient vieillir parallèlement aux changements physiques de Jean. Ce phénomène évoquait l'histoire magique du *Portrait de Dorian Gray* écrite par Oscar Wilde. Jean croyait la revivre mais cette fois-ci à l'envers.

« Comme c'est étrange, pensait Jean, il ne ressemble plus du tout à mes photos prises quand j'avais quarante ans. D'ailleurs il ne ressemble même plus à lui-même. »

En revanche Jean se mit à trouver que le peintre lui ressemblait par certains traits de son caractère. La tête du Goliath de la Galerie Borghèse, surtout, l'impressionnait. Quand il demanda à Isa son avis, elle répondit :

« Il ne te ressemble pas du tout. Tu es beaucoup plus beau. D'ailleurs, toi, tu as seulement l'air d'être le frère aîné de Bacchus. Tu prétends que le Goliath est un de ses autoportraits. Tu dois te tromper ou bien alors ce pauvre Caravage a bien mal vieilli. Ça arrive parfois. En tout cas, toi, tu es beaucoup plus beau. »

Jean l'écoutait avec plaisir tout en se souvenant du proverbe arabe qui dit : « La petite guenon ressemble à une gazelle dans l'œil de sa mère. »

D'où venait cette étrange attirance d'Isabelita pour ce tableau comme pour celui du Prado ? Et celui des fusillés de Goya ? Et celui de la mort de la Vierge ?

« Quel rapport y a-t-il entre ces trois œuvres ? demanda Jean à sa femme.

— La mort sous ses différentes formes.

— La mort te fait peur, mon amour ?

— Oui. La mort et la maudite. » C'est ainsi qu'elle avait l'habitude de nommer la maladie.

Peut-être parce qu'elle avait lu dans un quotidien quinze jours plus tôt comment une femme avait été poussée du haut d'une falaise par un mari qui avait souscrit une police d'assurance sur sa vie, ou parce qu'elle devait subir, sans s'en douter encore, une opération chirurgicale le lendemain, Isabelita eut un cauchemar très impressionnant la nuit de leur visite au musée du Louvre. Elle rêva qu'elle se promenait au bord d'une falaise dans un paysage breton glacial : mer et ciel gris, vagues furieuses, petite pluie, grands frissons… Soudain, Jean qui marchait derrière elle la poussait. Elle tombait le dos à la mer, tombait, lentement, lentement, assez lentement pour apercevoir Jean qui la regardait en souriant. Elle lui souriait en retour. Cette chute dura un temps infini. Un temps de paix et de bonheur glacés.

« Quel sacré cauchemar ! s'exclama Jean.

— Non. Rêve. » répondit-elle.

Le surlendemain matin, elle se réveilla avec de fortes douleurs au ventre. Il fallut faire venir le médecin qui prescrivit médicaments, prise de sang et analyse. Les résultats mirent en évidence une anémie extrêmement grave et un cancer du côlon à opérer d'urgence. Il fallut tout de suite l'hospitaliser et la transfuser.

Isabelita fut opérée le 9 novembre 1989. Elle venait d'avoir soixante-quatre ans. Revenue dans sa chambre après avoir passé trois jours aux soins intensifs, elle reparla de son « beau rêve » à son mari qui n'était pas d'humeur à l'écouter ce 10 novembre 1989. Le mur de Berlin était tombé la veille.

Changeant de sujet, elle lui dit :

« Jean, je déteste l'hôpital. »

Jean détourna la conversation. Comme il était un adorateur d'étymologie, il voulut la rassurer en déclinant n'importe quoi :

« Hôpital, hôte, hostilité, otage, hôtel, Hôtel-Dieu ! Comme l'Un aux visages multiples que vous nommez Dieu, la famille à laquelle appartient aussi hospitalité contient un grand nombre de frères et de cousins ennemis : tous issus du même ventre. Certains sont accueillants et ont une *bella figura,* comme l'hôte (qu'il soit reçu ou qu'il reçoive) alors que l'otage est à plaindre et l'hostilité à craindre. »

Puis il ajouta ce qu'il appelait son grain de sel (plutôt sa tonne de sel, disaient ses enfants) :

« Contrairement au français, l'anglais se pique d'être toujours différent puisqu'il distingue l'invitant de l'invité avec deux mots, *host* et *guest.*

— Arrête, arrête, criaient les siens.

— Au commencement était le Verbe. À la fin seulement le Cliché », ajoutait son gendre Hassan à voix basse, pour masquer son impertinence.

*

Le profil d'Isa changea peu aux différents âges de sa vie. Jeune, elle aurait voulu être mince et gracieuse pour vieillir avec charme.

« Dieu soit loué. Tu n'as jamais été mince et gracieuse. Tu es soleil. Tu es belle et tu resteras la même en épousant toutes les saisons de la vie. Autrement comment aurais-je pu t'aimer aussi longtemps ? » lui disait Jean.

Elle venait d'avoir soixante-sept ans. Elle aurait tant voulu prolonger le temps, qu'ils vieillissent lentement ensemble. Elle aurait aimé égrener la vieillesse, la diluer dans l'air des saisons, s'emparer des années, les dissoudre, ou les fuir d'un seul bond. Vieillir. Prendre le temps de vieillir très lentement, détisser ce temps qui s'agglutine, rompre ce temps qui colle à nos basques et qui se réduit de plus en plus. Elle aurait tant souhaité une très longue vie qui n'aurait pas de fin, confiait-elle à son mari, lequel, comme à son habitude, changea de sujet et lui parla d'Alexis de Tocqueville qui affirmait deux ans avant de mourir de tuberculose pulmonaire :

« Il n'y a jamais d'époque dans la vie où on puisse se reposer, que l'effort en dehors de soi et encore plus au-dedans de soi est aussi nécessaire lorsqu'on vieillit que dans la jeunesse. C'est surtout à cet âge qu'il n'est plus permis de vivre sur ce que l'on a déjà acquis, mais s'efforcer d'acquérir encore et ne pas se reposer sur des idées avec lesquelles on se trouverait bientôt comme endormi et enseveli. »

Après quoi, imitant sa belle-mère, il ajoutait :

« La vie est foudroyante, *émerveillante*. Elle nous comble à tout moment. C'est triste de s'en *défaire* un jour, comme disait ta maman ».

Vivre, c'est la foudre qui s'empare de vous et ne vous lâche plus, elle multiplie votre existence. Elle inquiète et calme à la fois.

Quel sens a le vieillissement ? Pourquoi ne pouvait-on pas rester éternellement jeune ? Quel sens a la mort ? Toutes ces questions se posaient à Isabelita sans réponse.

*

« Ce que le poète désire, c'est éprouver la mort afin de la faire chanter pour que luise la vie qui est en elle. Le poème est une sorte d'épiphanie de la mort, une révélation éthique du rôle que joue la mort dans le théâtre de la vie. Le poète chante la mort, il se sent proche de cette fin de vie. Il interfère, il lui parle, il se conjugue à elle, il l'enlace. La vie, la mort ne sont jamais loin du poète », disait jadis Manuel Garcia.

Faut-il ou ne faut-il pas croire en quelque chose après la mort ? se demandait toujours Jean. À ceux qui l'interrogeaient, il disait :

« J'opte pour la non-foi. Comment peut-on imaginer une vie après la mort ? Quel âge aurait-on ? Personne n'est revenu pour nous faire croire à l'éternité. Personne n'a pris la parole, fantôme ou revenant ».

Jean refusait de se laisser bercer par l'espoir d'une autre vie ou consoler par toutes ces pensées stoïques. Il refusait de prendre ce leurre au sérieux !

Malgré tout, il y aurait toujours cette incertitude que chantait Brassens :

Je serai triste comme un saule
Quand le Dieu qui partout me suit
Me dira la main sur l'épaule
Va-t'en voir si là-haut j'y suis.

« Il n'y a rien après la mort. »

De cela Jean était convaincu. On entre dans la mort comme dans une grande maison vide, on la traverse et on disparaît. Aucune voix ne nous annonce que ce trépas n'est pas définitif, aucune parole ne nous conduit à penser que l'âme ne s'éteint pas.

*

Après sa grave opération, Isabelita ne savait plus quel sens avait ce vieillissement et cette mort. Comment l'envisager ? Avait-elle vraiment peur du grand âge ? D'être invalide ? Incapable de marcher sur ses deux jambes ? Un poids pour sa famille ? Jean, heureusement, était là. Il la prenait en mains, il la protégeait. Il était toujours présent, efficace. Sans Jean elle aurait été démunie, dans le vague de l'après. Avec Jean elle pouvait se dispenser de *s'encaparaçonner* d'orgueil ou de fierté. Elle pouvait se payer les délices de s'abandonner et de répéter avec lui que l'amour est la plus terrible et la plus délicieuse contradiction que l'entendement – heureusement – ne peut résoudre.

Sans se rendre compte du passage des années, Isa marchait encore d'un pas vif. De plus, elle avait appris à suivre le conseil d'Emily Dickinson pour empêcher son mari d'avoir toujours le dernier mot :

« Dire toute la vérité, mais la dire de biais. »

Elle souriait en silence en se répétant cette phrase que Jean lui avait apprise et, quand il lui demandait pourquoi ce sourire, elle répondait :

« Pour rien. »

Après quoi il marmonnait invariablement :

« Les femmes ! Toutes les mêmes, les femmes ! Toujours ce "pour rien". »

Et elle souriait de plus belle en pensant que les hommes étaient tous les mêmes, c'est-à-dire pas tout à fait des adultes. Elle avait quand même l'impression depuis qu'elle vivait avec lui d'avoir découvert un vaste monde jadis inconnu. Il lui avait pratiquement tout appris, à l'exception de faire la cuisine et de tenir un marteau.

« Ces deux choses-là, elles sont sacrées et réservées au grand prêtre », lui avait-il dit.

Il ajoutait parfois :

« Nous vivons une époque bien triste et décadente. Il y a maintenant des femmes anglicanes prêtres ou évêques et même des femmes cordons-bleus ! »

Son mari lui avait appris en revanche que le spectre de la parole humaine utilise des longueurs d'onde comparables à celles dont se servent les araignées pour communiquer, lesquelles ont aussi des langues nationales ou étrangères. Tout cela lui donnait un peu la migraine. Elle préférait savoir que la baleine doit descendre à trois cents mètres pour que son chant se répercute sur un plafond d'eau chaude et parvienne à des milliers de kilomètres.

« Ainsi, concluait son mari doctement, profondeur signifie élargissement. »

Ou bien quel bonheur d'apprendre que le rébarbatif ordinateur peut être poète (surtout quand il se trompe) et traduit :

« La viande est comme ci comme ça mais la vodka est bonne » au lieu de : « La chair est faible mais l'esprit est prompt. »

Elle aimait l'entendre digresser sur la Présence de l'Absence ou sur comment, alors qu'il nous semble que nos questions dépassent nos réponses, en réalité nos réponses ont la capacité de dépasser notre pouvoir d'interroger.

Malheureusement, à tout cela un terrible contrepoint venait de faire irruption : c'était bientôt au tour de Jean de tomber malade. Isabelita commençait à redouter la perspective de son veuvage.

Chapitre 8

La troisième mort de Jean

Ayant acquis, grâce à son travail et à son héritage, son indépendance financière, Jean décida de fermer boutique et de se consacrer à son rêve d'antan : se poser des questions et chercher des réponses. C'est ainsi qu'il avait l'habitude de s'immerger dans ce qui paraissait être de longs silences mais qui était, en fait, un bavardage mental silencieux. Ce jour-là il se demandait si Socrate avait vraiment conservé, en buvant la ciguë, cette célèbre sérénité olympienne que l'histoire lui attribue. D'autant plus que ce même Socrate, qui fait tellement le malin dans ses discours, n'est-il pas en même temps d'une versatilité impardonnable ? Lui qui pouvait croire à l'immortalité de l'âme dans un dialogue mais pas dans l'autre.

Jean essayait de comprendre pourquoi notre corps avait été condamné à ne mouvoir ses membres que par des muscles agonistes et antagonistes et notre cerveau d'*Homo sapiens sapiens* à n'agiter ses concepts qu'au moyen d'idées contradictoires. Ou bien comment expliquer l'anticipation indispensable à la communication ? Et ce pouvoir magique tellement mystérieux qui nous permet de penser ou même de prononcer le premier mot d'une phrase sans connaître la suite et la fin, lieu où son sens réside le plus souvent ?

On a avancé que l'art de lancer des objets, art que ne possèdent pas ou très peu les primates, aurait contribué à préparer les séquences coordonnées indispensables au langage humain.

L'étude de certains sports comme le tir à l'arc ou le tennis serait ainsi un moyen propice à notre descente dans les profondeurs de notre cerveau. Combien étrange est l'invention de cet organe volumineux, gaspilleur et paresseux, placé au sommet de notre corps, cette grosse tête du fœtus de neuf mois qui passe avec peine à travers le bassin de la mère au prix d'un accouchement difficile, parfois prématuré et dangereux. Paradoxe étonnant que la naissance de cet enfant humain inachevé qui nécessitera de longs mois de maternage alors que le poussin, à peine sorti de l'œuf, picore et que le poulain atterrit dressé sur ses pattes.

La vie n'a pas hésité à prodiguer un traitement de luxe à notre cerveau, cet enfant que parents et grands-parents devront constamment éduquer et qui trône au-dessus de ses aînés reptiliens et limbiques.

Comme dans le poème, notre avenir et notre présent sommeillent, conservés dans notre passé. Nous savons mieux comment nous naissons, grandissons et mourrons, et peut-être un jour connaîtrons-nous le secret de la valse alphabétique de nos chromosomes aussi bien que celui de la ronde échevelée de nos mots.

Le cerveau peut être considéré comme la partie inconsciente de notre pensée, un pandémonium, cette capitale imaginaire des enfers, ce lieu diabolique où règnent tous les genres de corruption, de désordre, et le contenu des cris des démons.

Bien sûr il nous reste le droit à l'erreur et au sentiment. Jean se souvenait de sa chère Dolto qui lui avait dit : « Je n'ai jamais regretté une bêtise que j'ai faite. J'en ai regretté beaucoup que je n'ai pas faites. »

Jean avait toujours été l'adepte d'une théorie qu'il avait baptisé l'Alzheimer positif. Il citait un vieux philosophe grec qui aurait répondu à un charlatan prétendant avoir une technique pour développer la mémoire :

« Je veux apprendre à oublier. »

*

Certains jours, Jean confiait sa déprime à sa femme :

« Je suis devenu comme le chauffeur d'une voiture de Cuba. Je donne l'impression que tout va bien, mais en réalité je triche. Je vais tout droit parce que je corrige continuellement mes faiblesses et mes déviances par de discrets coups de pouce au volant qui ne se voient pas. »

D'autres fois il disait :

« Quand je me regarde dans un miroir, je suis moche à cause de cette Salope – c'est ainsi qu'il appelait son Alzheimer qu'il se refusait à nommer – j'ai le visage triste et méchant.

— Jamais. Pour moi tu es toujours très beau, rétorquait Isabelita. On a tort de croire que la beauté est un masque en surface alors qu'elle est la charpente de notre âme. N'oublie pas que la beauté est la force de la matière. Et puis, d'ailleurs tu es encore très beau. »

Jean esquissa un faible sourire. Il pensa combien était bizarre et capricieuse la mémoire qui lui faisait oublier ce qui s'était passé la veille et se souvenir de la phrase et du titre d'un film chinois qu'ils avaient vu ensemble deux ans plus tôt.

Dès que Jean prit connaissance de la menace qui pesait sur lui, il se mit à son ordinateur pour se documenter le plus possible. Le style scientifico-médical de certains des articles qui lui tombèrent sous les yeux le ravissait parfois de plaisir. Il apprit par exemple que le siège de l'aptitude au regret et/ou à la déception est situé dans le lobe orbito-frontal et que les sujets normaux jugent le regret plus intense que la déception.

La mémoire d'Isabelita agaçait énormément Jean. Il maugréait en général quelque chose pour changer de sujet lorsqu'elle en faisait preuve, et retournait à ses regrets, son ordinateur et ses lectures. Curieusement elles le débarrassaient de ses regrets. Se procurer de la satisfaction à force de regretter lui paraissait un merveilleux cadeau.

Les lectures de Jean étaient des plus diverses. Au début de sa maladie, il s'était senti comme en vacances. Il n'était plus pressé. Une fois de plus, mythologies et religions redevenaient les métaphores du *vrai réel*, c'est-à-dire de celui qui se cache derrière le monde de Newton. Puis les pensées de Jean étaient devenues douces-amères. Ainsi il ne faudrait pas attendre longtemps pour assister au développement intensif des prothèses, de l'informatique, des techniques de commande et de reconnaissance vocales. Peut-être même qu'un jour prochain les maladies prédatrices de notre cerveau seraient vaincues grâce à une série d'innovations faisant intervenir la téléchirurgie, la nanotechnologie et de nouveaux facteurs indispensables à la croissance du tissu nerveux. Oui, mais. Toutes ces merveilleuses perspectives ne se produiraient qu'après sa disparition !

Depuis quelque temps il avait abandonné ses lectures favorites pour se consacrer totalement à sa propre maladie et à tout ce qui guette notre corps et notre esprit. Le cas du cosmonaute Poliakof le passionna. Après un séjour en apesanteur de 437 jours à bord de la station Mir, il avait subi des altérations du système cardio-vasculaire, des muscles, des os et de l'équilibre similaires à celles produites par le vieillissement chez un sujet normal de soixante-dix ans. Toutefois, elles avaient l'énorme avantage d'être réversibles !

Il lut avec un plaisir mitigé que 25 % de la population avait plus de soixante ans actuellement en Europe et qu'en dix ans l'espérance de vie sans incapacité – la plus digne d'intérêt – avait progressé de trois ans environ. Oui, mais cet horizon rose et plein de promesses était pour ses successeurs, pas pour lui.

*

La veille du jour de son entrée en clinique, Jean demanda à Isa si elle avait des nouvelles de leur fils, Alain, qui avait cessé de leur faire signe depuis maintenant presque deux ans. Cette disparition incompréhensible et surtout injustifiable n'avait jamais été expliquée. Alain avait fini par disparaître sans laisser de traces, et l'on s'était habitué à son absence, comme on s'habitue à la mort par le deuil, ou même à une gêne qui s'incruste et dont on ignore la cause.

« As-tu des nouvelles d'Alain ? avait demandé à nouveau Jean le premier jour de son hospitalisation.

— Je n'ai aucune nouvelle. Les filles non plus », lui répondit sa femme.

Il y eut un long silence, puis elle ajouta :

« Les causes bâtardes, c'est-à-dire les causes sans causes, sont les plus impossibles à réparer. Je le plains. Un jour il va beaucoup souffrir. »

La porte de la chambre s'ouvrit. Farida venait d'arriver.

« Nous parlions de ton frère. As-tu de ses nouvelles ?

— Non. Aucune depuis très longtemps. Cependant une amie m'a dit qu'il venait d'épouser Marion. »

Jean fut secoué de rire par cette nouvelle tandis qu'Isabelle se mit à répéter :

« Je ne sais pas sur quel pied danser… je ne sais pas sur quel pied danser… »

À la suite de quoi tous trois furent pris d'un fou rire tellement fort que la porte de la chambre s'ouvrit brusquement pour laisser passer le visage inquiet d'une infirmière qui, tout en secouant la tête, repartit rassurée.

Chapitre 9

La falaise de Jean

La maladie avait fini par emporter Jean. Isabelita se débattait toujours dans son refus. La réalité lui paraissait inacceptable. Par moments, lui semblait-il, y céder serait donner consistance à ce départ qu'elle n'admettait toujours pas.

Entre énervement et pitié, ses filles insistèrent :

« Maman, tu es responsable de ses dernières volontés. N'a-t-il rien dit, rien laissé ? »

Isabelita venait de se souvenir d'une enveloppe scellée, déposée il y avait une vingtaine d'années au fond d'une boîte en merisier confectionnée par Jean lui-même et sur laquelle il avait inscrit : « Mon testament ».

« Quand j'aurai disparu tu ouvriras la boîte, tu décachetteras l'enveloppe, tu liras attentivement mes dernières volontés. »

Le mot « disparition » qui la faisait reculer rejaillit dans sa mémoire.

« Pas ça, Jean, avait-elle protesté. C'est moi qui partirai la première.

— D'accord, avait-il répliqué, en plaisantant. Mais dans ce cas il va falloir que je t'étrangle !

— Je ne rigole pas, Jean. Sans toi je ne saurai plus tenir debout. »

Elle doit parler sérieusement, avait pensé Jean, car sa femme n'employait des mots d'argot comme « rigoler » que si elle était profondément émue. Puis à voix haute :

« Qu'est-ce que tu racontes ? Toi, une véritable bagarreuse. De quoi aurais-tu peur ?

— À plus de soixante ans, tu voudrais encore que je me bagarre ? Toi absent ? Tu me manquerais, même pour les disputes.

— Allons, allons… tu sais bien que les hommes disparaissent en premier. Vous leur en faites trop voir !

— Je t'en ai fait voir ? Moi ? Quel culot ! »

Et c'était reparti. Des pirouettes, des disputes, des paroles foudroyantes, puis le rire… Le rire de Jean… Son rire éclatant de grand enfant… Ce rire antidote qui dissolvait même le poison terrible contenu dans certains mots. Rien ne semblait laisser de ces traces qui durent et font mal. Dans l'instant l'animosité était cicatrisée. Les sentiments, parfois blessés, frétillaient comme de petites vagues turbulentes sur la surface de l'eau. Vite résorbés, ils filaient au loin dans le grand fleuve de la vie.

Devant la boîte en merisier qu'elle venait de déposer sur la table, Isabelita, entourée de ses filles, hésitait : Que contenait cette fameuse enveloppe ?

Qu'allait-il exiger encore ? Roxy et Lola l'encerclaient de leurs bras et la pressaient de s'exécuter.

« Courage, maman, il le faut. »

Sur l'enveloppe, l'écriture était grasse, lisible, vigoureuse. L'envahissement des souvenirs, l'émotion troublaient Isabelita. Ses mains tremblaient, elle ne savait plus par quel bout saisir cette enveloppe maudite, puisqu'il était parti, et bien-aimée, puisqu'elle le ramenait. Elle tendit l'enveloppe à ses filles qui refusèrent à leur tour de l'ouvrir. Toutes trois décidèrent alors ensemble de confier cette tâche à l'un des gendres qui se tenaient discrètement à l'écart.

« Hassan ou Pierre, décachetez l'enveloppe. C'est au-dessus de mes forces », supplia Isabelita.

Pierre passa la grande enveloppe brune à son beau-frère qui l'ouvrit précautionneusement. À l'intérieur se trouvaient une lettre et une seconde petite enveloppe sur laquelle était écrit « Seulement pour mon Isabelita ».

Hassan déplia soigneusement le feuillet et se mit à lire d'une voix mesurée et ferme :

Je vous aime.

J'ai vécu et je meurs en libre-penseur.

Pas de fleurs. Pas de cérémonies.

Incinérez-moi. Ensuite, sous les feux de midi, dispersez mes cendres au-dessus de cette Méditerranée que j'ai tant aimée.

Isabelita, souviens-toi du rocher au sommet de la falaise pas loin de Cerbère où nous allions en pèlerinage avec Miguel chaque année. De cet endroit la vue est la plus vaste, la plus belle. Débouche le vase d'étain – que je conserve à cette intention depuis longtemps – puis, de là-haut, éparpille mes cendres sur la surface mobile et bleue de la mer.

Je vous aime.

Comme l'a si bien écrit mon camarade Voltaire :

« Entrez dans la Bourse de Londres, cette place plus respectable que bien des cours… là le juif, le mahométan et le chrétien traitent l'un avec l'autre comme s'ils étaient de la même religion ; et ne donnent le nom d'infidèles qu'à ceux qui font banqueroute. »

Croyants ou incroyants, je vous respecte et ensemble, à la Bourse de la Vie, nous n'avons pas fait banqueroute.

Je vous aime.

Je compte sur chacun pour qu'il soit fait selon mes souhaits, ainsi je pourrai rejoindre paisiblement la terre, l'eau et l'amour. Souris, Isabelita, ma bien-aimée. Je pars le premier, comme je l'avais prévu. Accroche-toi encore à la vie, elle en vaut la peine. Quelles que soient ses intempéries, tu sais combien je l'aimais. Aime-la encore quelques années, pour me faire plaisir.

Je te la confie, ma toute belle, ma toujours belle !

Je vous aime.

Puis Hasssan donna la petite enveloppe à sa belle-mère. L'ayant décachetée, Isabelita la parcourut très vite et se mit à sourire.

« Qu'est-ce que c'est, Maman ?

— Ce n'est rien », dit-elle en souriant et en mettant la lettre dans son sac.

Jean lui avait écrit :

Tu sais combien j'adore nos filles et leurs maris. Je voulais néanmoins t'adresser ce message personnel.

Tu te souviens du jeune Premier ministre à qui l'on avait demandé si Mitterrand l'influençait et qui avait répondu : Lui, c'est lui et moi, c'est moi.

Je veux que tu saches que toi c'est moi et que moi c'est toi. Pour toujours.

Le corps d'Isabelita était à la fois figé et parcouru de tremblements et de frissons imperceptibles. Son visage pleurait sans larmes. Ses deux filles et ses gendres la pressèrent de tourner la page et de songer aux funérailles.

*

L'incinération eut lieu en temps voulu. Cette chair jadis tellement vivante et habitée, maintenant abandonnée et consumée. L'existence d'un homme se trouvait soudain réduite à cette poignée de poussière. En moins de deux heures, corps et visage devenus cendres, puis entassés à l'intérieur d'un modeste vase d'étain. La vie trépidante, bousculée, intense, passionnée d'un individu se résorbait en une pelletée de poussière.

« Poussière, poussière… Tu es poussière et tu redeviendras poussière », marmonna Isabelita.

« Une vie c'est si peu de chose et pourtant si immense », disait Jean.

Jean avait tout prévu, tout envisagé. Lucidement, sans embarras, sans tragédie, sans paroles ronflantes. Isabelita lui avait demandé si elle-même serait capable d'un tel dépouillement, d'une telle simplicité, quand son tour viendrait. Il lui avait répondu en riant :

« Sans problème. Tu es tellement distraite que tu ne t'en apercevras même pas. »

Il restait maintenant à accomplir la suite de ses volontés, à aller jusqu'au bout de son projet, à marcher jusqu'à l'extrême bord de la falaise, à déverser ces cendres sur l'étincelante Méditerranée. Puis, à repartir. Le plus sereinement possible, après avoir fidèlement accompli les derniers vœux d'un mort encore présent.

« La mort. Sa mort… », brutalement, cette image étreignit le cœur d'Isabelita avec la force d'une main qui se referme sur une orange pour la vider de sa dernière goutte. Elle répéta comme une rengaine :

« La mort… Sa mort… » Peu à peu ces mots s'élargissaient, englobaient tout l'horizon, prenaient du poids et un sens obscur mystérieusement lumineux.

Peu à peu ces mots sonnaient juste et fort, s'entremêlant à la vie, l'accompagnant, chevauchant nos brèves existences, limitées aux frêles mesures humaines. Jean savait cela ; il avait appris très tôt qu'après vingt ans le contradictoire et l'incertitude sonnent plus juste que la non-contradiction et les certitudes.

À quelques pas derrière elle, Hassan et Pierre chuchotaient à voix basse avec les filles.

« Se serait-il converti au capitalisme ? » demanda naïvement Lola.

La citation de Voltaire et surtout son œcuménique : *« Croyants ou incroyants, je vous respecte »* les avaient tous surpris. Finalement ils tombèrent d'accord pour conclure avec Hassan (qui aimait les formules imagées) que derrière ses attitudes de vieux bolchevique impénitent il avait, depuis belle lurette, jeté aux orties son marteau et sa faucille.

Restait à déterminer la date de ce changement. Était-ce à cause du goulag et de Soljenitsyne ou seulement après la chute du mur de Berlin ? Était-ce avant ou après la mort de Joseph Staline ?

Pierre qui croyait se souvenir vaguement d'une citation médiévale enchaîna en disant tout le contraire de ce qui avait été prononcé une quinzaine de siècles auparavant :

« Jean n'a pas oublié qui il était, comme disait ce moine prisonnier au Moyen Âge. »

En réalité Boèce, philosophe et grand homme d'État dont la fin fut tragique, déclara dans sa prison :

« Maintenant tu connais enfin la cause de ton mal. Tu as oublié qui tu es. »

Pourquoi fallait-il aller aussi loin ? demandèrent les deux gendres. Roxy leur expliqua que Miguel, l'ami de Jean, qui étouffait à Paris, avait voulu se rapprocher de la Catalogne, cette patrie rêvée tant de fois à voix haute par son père. Il s'était donc installé à Perpignan pour exercer son métier d'ébéniste. Jean et Isabelita venaient y passer chaque été une quinzaine de jours. Pour regarder amoureusement leur Espagne, tous les quatre déjeunaient régulièrement à Cerbère, charmant petit village qui se trouve en face de la frontière espagnole. Les deux couples allaient jusqu'au bord de la falaise d'où ils pouvaient apercevoir leur pays et jurer d'y retourner un jour après la réinstallation du régime populaire et républicain. Secrètement les deux amis se comparaient à Moïse regardant au loin la Terre promise sans jamais pouvoir y remettre les pieds. Chaque année, Miguel, pour cacher son émotion, répétait sans se lasser que le président Mitterrand avait copié l'idée de Jean en allant faire son pèlerinage annuel à la roche de Solutré. Chaque année leur auditoire s'esclaffait poliment.

Roxy et Lola qui avaient participé régulièrement à ce voyage se souvenaient comment, dès qu'ils atteignaient le sommet de la falaise, leur père étendait le bras, pointait l'index en direction de l'Espagne et leur disait :

« D'où je viens, c'est par là. C'est cette terre qui fait battre mon cœur, mais je jure que, tant que Franco sera au pouvoir, je ne remettrai jamais les pieds dans mon Espagne chérie. »

Ainsi avait-il fermement décidé de rester hors de son pays tant qu'un Franco et les technocrates de l'Opus Dei tiendraient les rênes du gouvernement. Même après la mort du dictateur en 1975 et son remplacement par un roi et un régime démocratique, il refusa de changer d'avis. Néanmoins tout en étant persuadé qu'il ne retournerait plus au pays, même pour y mourir, Jean tenait à implanter dans ses filles – « notre chair qui nous survivra » – ses propres racines. Les petites ronchonnaient, gémissaient, tout au long de cette ascension abrupte. En sourdine, elles traitaient leur père de macho. Leur mère, tout en partageant leurs sentiments, escaladait la pente sans rechigner, car en dépit de tout elle admirait le caractère de son époux. C'est ainsi qu'à contrecœur et en silence, pendant plusieurs années, elles accomplirent chaque été ce pèlerinage.

*

Le chemin ascendant serpentait entre les broussailles. La terre manquait d'eau. Les arbres n'avaient pas cette magnificence, ce déploiement de feuilles, cette abondance, cette variété forestière des pays arrosés qui n'ont pas soif. Subitement, sans s'annoncer, la mer infinie, bleutée et lisse comme du mercure, sautait aux yeux. On apercevait aussi une petite crique au sable jaunâtre et qu'on imaginait moelleux. Isabelita aurait préféré ne plus grimper et adopter ce chemin tout en descente. Mais Jean optait pour l'ascension à travers des sentiers de plus en plus sinueux.

« C'est toi qui décides », soupirait Isa essoufflée.

Arrivés en haut, Jean contemplait longuement la beauté souveraine de sa Méditerranée, avant de diriger son regard vers son Espagne natale, en entourant de son bras les épaules d'Isabelita. Puis, lui tendant les mains pour enjamber les obstacles, ils se dirigeaient précautionneusement vers la plage sablonneuse d'en bas. Jean se précipitait alors dans la mer avec des cris de joie. Isabelita, moins exubérante, ne le rejoignait qu'après avoir prudemment mesuré plusieurs fois de suite la température de l'eau.

Maintenant son passé se mettait à ressurgir, l'emportant vers un océan brumeux fait de chagrins et de soleils, dans une mer houleuse, pleine de souvenirs de noyades, d'éloignements et de retours. Elle revivait cette savane de sentiments au centre de laquelle se redressait, chaque fois, la haute et virile silhouette de son mari. La vie, Jean l'avait saisie au collet depuis son plus jeune âge. Il l'avait aimée avec ferveur mais à bonne distance. Il aimait répéter à sa famille, à ses amis ou même tout seul qu'il fallait respecter une certaine distance. Cette vie, il la dévorait, avec appétit, comme une tranche de pastèque, mais avec sérénité. Il en était amoureux comme de sa femme.

« C'est si peu de chose et pourtant si immense, si intense, une vie », disait Jean.

Tout s'était effondré depuis sa mort. Pour elle, ce héros de légende qui avait traversé une vie parfois difficile se réduisait à présent à une pelletée de cendres.

Ils avaient souvent l'un et l'autre parlé de la mort. L'âge avançant, ils savaient en être dangereusement proches. À l'époque de leurs parents, on pouvait espérer atteindre soixante-dix ans. Mais on était loin d'atteindre les quatre-vingts ou les cent ans comme aujourd'hui. La vie s'était allongée, mais le temps semblait se rétrécir mystérieusement et de plus en plus vite. Cette vie si précieuse, mais si négligée, dont les moments virevoltaient à la vitesse de la lumière vers l'obscurité de cette mort inéluctable qu'elle acceptait si mal. Pour Isabelita, cette disparition qui n'avait pas surgi sans s'annoncer lui semblait à la fois étrange et familière. Elle s'était demandé souvent ce qu'il pouvait y avoir derrière le rideau. La découverte d'une vie éternelle, une vie meilleure pleine de surprises où elle retrouverait Jean ? Ou bien serait-elle diluée dans l'espace où elle ne retrouverait plus rien ni personne ?

Cette mort-là comme sa propre mort, que voudraient-elles dire ? Avaient-elles un sens caché ? La mort n'était-elle vraiment qu'une fin ? Pour lui ?

Pour moi ? Pour nous deux ? Mais à quoi bon réfléchir ?

À présent Isabelita lui pardonnait tout, y compris ces marches vers la falaise une fois l'an. Elle lui pardonnait même sa conduite d'athée prosélyte à laquelle elle, qui fréquentait assidûment les églises, avait dû tellement résister. Jadis, hésitant entre ses filles et son mari, elle s'était parfois livrée à de longues confessions, suppliant Dieu de lui pardonner toutes ses tentations et ses péchés passés et à venir. Elle le défendait en disant qu'elle respectait trop les croyances d'athée de son Jean pour polémiquer ou essayer de le convertir. D'ailleurs, parfois ses arguments lui paraissaient très valables.

« Comment Dieu aurait-il fait ce monde de guerres, de batailles sanglantes ? Comment peux-tu le croire ? disait Jean. Un Dieu d'injustices… Comment, mais comment peux-tu y croire encore ? Seul un Dieu bon est concevable. Je préfère ne croire en rien, lui répétait-il.

— Croire, croire en quelque chose, répliquait-elle tout en faisant la sourde oreille, comment peut-on y résister avec tant de véhémence ? Moi j'en ai besoin et cela me suffit. »

Bien qu'ils ne regrettent pas de vivre à Paris, Jean et Isabelita revenaient sans cesse à leurs racines si lointaines et si proches, absentes dans le quotidien mais tellement présentes dans les gestes et l'émotion. Il avait une manière toute méditerranéenne de saluer, de recevoir, de tenir dans ses bras ou d'embrasser. Venaient ensuite les fameuses rages de

Jean à propos de choses graves ou bénignes, brusquement suivies d'éclaircies. Cette façon de se mettre terriblement en colère, puis de tout oublier quelques minutes plus tard. Un simoun, un sirocco passionné qui dévaste tout sur son passage pour rebâtir aussitôt après la tempête avec la même passion. Cette sérénité de velours tapissé d'orages. Elle ne pouvait s'empêcher de sourire en y pensant.

Tout le début de leur vie lui revenait en mémoire dans un joli désordre. Cette union de leurs nuits. Le plaisir qu'ils avaient à se regarder, bras dessus bras dessous, nus, devant la glace de leur grande armoire : cette peau tendue, le galbe de leurs corps.

En dépit de leurs différences, cette flamme n'avait pas seulement été préservée mais affermie. Une magie mystérieuse avait maintenu toute la verdeur de leurs liens. Ainsi coulèrent les jours malgré ce temps qui gommait leurs formes, effaçait, peu à peu, leur beauté de jeunes adultes pour la remplacer par la pure tendresse de visages vieillis retrouvant l'enfance. Ainsi se poursuivirent les années entre joies et problèmes, entre rires et chagrins, soleils et tempêtes.

Bien sûr, il y eut des scènes, des départs intempestifs, des menaces de divorce, mais quelque chose qui ressemblait à un fleuve souterrain, présent, obstiné, continuait assidûment à les greffer l'un à l'autre. Cette association miraculeuse de confrontations et d'alliances, ce don insigne d'avoir pu maintenir une fascination réciproque les accompagna toute leur vie.

Bien sûr leur existence ne fut pas sans heurts, sans écornures, sans brisures. Il y avait eu quelques aventures, mais Isabelita ne s'était jamais sentie délaissée et encore moins abandonnée. De son côté, durant cette longue existence – plus de cinquante ans de vie commune –, leur lien était si fortement scellé que les deux ou trois très brèves passions qu'elle avait eues ne l'avaient jamais entamé. L'amour préservant ses lueurs renaissait toujours.

« Je n'y comprends rien, disait-elle. Souvent j'ai envie de te quitter pour toujours, mais dès que je m'éloigne tu me manques à en mourir.

— Parfois tu m'exaspères, reprenait-il, mais dès que tu n'es plus là, ma vie n'a plus de sens. »

C'est ainsi que, passionnément, patiemment, durablement, ils avaient cheminé ensemble, à travers les joies et les peines de l'existence.

« Étrange vie que cette vie qui nous est offerte. Un don incomparable », disait Jean.

Comme il l'aimait, cette vie ! Elle le pénétrait par tous ses pores, elle s'élargissait à travers cette poésie qui transcendait toute existence et qui offrait une seconde respiration. D'un seul mot, Jean chassait les ombres qu'il venait de provoquer :

« Ne te trompe pas. Mes absences, mes bouderies, mes colères, tout cela dit : je t'aime. Je n'ai jamais aimé que toi. »

D'un coup tout s'apaisait. Isabelita oubliait tout et c'était bien ainsi. Une ondée de tendresse recouvrait ses épaules, un champ infini s'ouvrait devant leurs pas.

« Infini », elle sourit avec tristesse de ce mot qu'elle venait de prononcer tout bas. Hélas ! Rien n'était infini ! Le temps boulimique dévorait tout. Les jours s'écoulaient de plus en plus vite.

« Tout passe, disait Jean. Je veux que notre dernier parcours soit calme, apaisé. J'y veillerai jusqu'au bout. »

Puis, il était parti…

« Comment aller à Cerbère ? demandèrent ses filles qui avaient cessé d'y retourner depuis plusieurs années.

— Je vais chercher dans ses papiers. Au besoin je téléphonerai à Miguel. Ce sera sans doute plus sûr », répondit Isabelita.

Jean détestait qu'on range ses papiers.

« Je ne les retrouve que s'ils sont laissés dans ce qu'à tort vous appelez mon désordre. »

Après avoir longuement cherché elle finit quand même par trouver, écrit dans un style télégraphique et soigneusement caché dans un tiroir, l'itinéraire pour Cerbère :

> *Départ Paris (Austerlitz) 21 h 56 / Arrivée Cerbère 8 h 13 par train Corail 2e classe (103 euros* – les anciens francs avaient été rayés*). Puis (41 minutes, 43,2 km). Demander à Miguel de venir avec grande voiture, si enfants.*

Miguel les attendait avec sa femme à la gare.

Bien que, depuis Franco, Miguel ne se sente plus espagnol, il ne se considérait pas non plus totalement français. Et encore moins parisien ! Il était catalan !

« Voyez comme il est beau », disait-il en montrant son drapeau sang et or qui flottait orgueilleusement au haut de la citadelle de Perpignan.

« Salvador Dali l'a drogué », disait Jean quand il l'entendait pour la centième fois imiter le terrible accent du maître et sa fameuse phrase sur la gare de Perpignan, « centre du monde ».

« Avez-vous fait bon voyage ? demanda Miguel.

— Oui et non, répondit Isabelita. J'ai refait le cauchemar que j'avais eu la veille de mon opération chirurgicale il y a une dizaine d'années. »

Elle lui raconta alors le cauchemar qu'elle avait eu : elle avait rêvé d'une femme poussée du haut d'une falaise par un mari assassin qui avait souscrit une police d'assurance sur sa vie. Ce rêve, elle l'avait revécu la nuit passée dans le train. Miguel la rassura en lui expliquant que le rêve signifiait toujours le contraire de ce qu'il semblait révéler. Après quoi il proposa un tour en ville et fit monter Hassan, Roxy et leur fils Fakhry dans sa voiture tandis que Pierre prit Isabelita dans la voiture qu'il avait louée d'avance à la gare de Perpignan.

« Montez à côté de moi, Isabelita, suggéra Pierre qui était déjà au volant. Vous connaissez le chemin qui mène à la falaise, vous m'indiquerez la route. Puis nous laisserons la voiture au bas de la montée. »

La voiture conduite par Pierre fut rapidement remplie. Avec Isabelita, ils étaient six en tout : Lola, son épouse, leurs deux filles, Janina et Elena, et leur cousin Marc, âgé de dix-sept ans. Ce dernier, qui avait toujours ressenti une exceptionnelle admiration pour ses grands-parents, regrettait l'absence d'Alain, son père, et tâchait maladroitement de la faire excuser. Contrairement à leurs principes, Marion et lui venaient bien de se marier ! Sa nièce Elena, quoique étonnée par cette union, comprenait l'absence de son oncle Alain, s'étant elle-même souvent affrontée à Jean dans le passé. Déjà, à douze ans, elle se dressait de toute sa petite taille de fillette et, pleine d'audace, elle lui reprochait de tenir sa grand-mère en laisse. Que de fois avait-elle crié avant de partir en courant :

« Tu es trop insupportable, grand-père ! »

Maintenant elle se sentait obligée de changer d'attitude pour soulager le chagrin de sa grand-mère. Janina ne savait pas non plus sur quel pied danser. Jadis, tour à tour véhémente puis aimante, elle valsait entre ses divers sentiments, rejetant ou recherchant l'autorité de son grand-père qui s'opposait à ses caprices. Maintenant elle ressentait combien Jean allait lui manquer.

Avant de s'asseoir auprès de Pierre, Isabelita se précipita vers le coffre de la voiture, l'ouvrit et se saisit du vase d'étain. Assise à côté de son gendre elle tenait le vase serré contre sa poitrine, contre son ventre, espérant le réchauffer par le contact avec son propre corps. Ce fut le contraire qui se produisit. C'est elle qui se glaça au contact du métal. Des sanglots l'envahirent.

La voiture roulait lentement. Derrière son rideau de larmes Isabelita parvenait encore à indiquer de l'index le chemin à suivre.

« C'est la bonne direction ? demanda Pierre inquiet.

— Oui, oui, oui… »

Elle répétait les mots.

À son indication, la voiture s'immobilisa. Aidée par Marc et ses cousines, elle en sortit portant toujours le vase dont elle ne voulait plus se séparer. Repérant le chemin qui grimpait jusqu'au sommet de la falaise qu'ensemble ils avaient tant de fois gravie :

« C'est par là, dit-elle. Il faudra une bonne heure de marche avant de voir la mer. »

Chacun poussa un soupir à l'idée de cette ascension en plein soleil.

« On vous suit, dit Pierre.

— Nous te suivons, maman », reprirent en chœur Roxy et Lola.

Toujours rébarbative Elena avança d'un pas lourd, décidée à interrompre sa marche dès que lui en viendrait l'envie. Janina hésitait toujours.

À peine sortie de la voiture, Isabelita, gênée par ses pleurs, se sentit indigne du caractère maîtrisé, volontaire, orgueilleux de son époux. Jamais il n'aurait toléré que je me laisse aller, que je me comporte ainsi, pensa-t-elle, ajoutant à voix haute :

« J'ai honte, Jean n'aurait pas toléré ces sanglots. »

Désarçonnées, ses filles lui tapotèrent affectueusement l'épaule tandis que ses petits-enfants Marc et Elena se penchèrent pour l'embrasser. Quant à Janina, comprenant difficilement ce désespoir, elle hésita longtemps avant de faire un geste tendre, mais retenu. Voyant combien sa mère était émue, Lola souleva son épaisse chevelure et l'embrassa dans le cou :

« C'est la vie, mammy, il faudra t'y faire », murmura-t-elle maladroitement.

Toutes ces paroles et tous ces gestes d'apaisement se perdaient au loin. Elle les écoutait à peine. Elle rejetait ces appels à la sagesse. Elle refusait de trahir Jean en calmant sa douleur. Oui, c'était bien cela : ne plus souffrir serait trahir. Médusés, Hassan et Pierre gardaient le silence. Isabelita, noyée dans son chagrin, orpheline de son amour, se sentait abandonnée. Ses pleurs étaient incontrôlables. Elle avait beau presser le vase contre sa chair encore vivante, rien ne résistait à ce froid glacé. Rien ne remplissait le vide, le gouffre de plus en plus profond qui se creusait en elle. Elle se sentait incapable de prendre sur elle et d'assumer son rôle à la tête de deux générations. Marc s'approcha de sa grand-mère et lui entoura les épaules de son bras.

À la tête du cortège, Isabelita avançait malgré tout. Elle reconnaissait la rigueur du paysage, le cirque des rochers, les plantes séchées par le soleil. Elle se souvenait comment jadis tous deux se tenaient côte à côte, main dans la main ou parfois enlacés l'un à l'autre, dans un mouvement de tendresse exceptionnelle. Plus elle se souvenait, plus elle l'aimait et plus elle lui en voulait de l'avoir privée de son corps, de ce corps qu'il l'avait obligée à réduire en cendres.

« Même froid je t'aurais reconnu ! J'aurais pris tes mains glacées dans les miennes, j'aurais embrassé ton front. Je t'aurais parlé. Je t'aurais caressé. Peu à peu je me serais mieux habituée à ta disparition. Pourquoi m'as-tu privée de ce corps ? Pourquoi ce petit tas de poussière où tu t'es caché pour que je ne puisse plus te reconnaître ? »

Puis elle se demanda comment se terminerait sa propre vie. Faudrait-il, elle aussi, qu'elle devienne poussière pour mieux rejoindre son Jean ? Devrait-elle accomplir symboliquement le même geste que lui ? Faudrait-il faire subir à ses enfants le même pénible cérémonial païen ? Elle n'en savait rien. Ferait-on partie des anges ou des démons ? Ferait-on partie de rien ? Elle prit soudain conscience qu'elle ne s'était jamais posé la question. Tout autour de nous, la mort se rapproche jour après jour, terrifiante ou aimante, arborant tous les masques. Mais, comme c'est la mort des autres, on reste longtemps sans la voir jusqu'au jour… C'est alors que le goût de vivre s'installe brutalement jusqu'au délire. Vivre c'est jour après jour boire, manger, bouger, s'étirer, respirer, mais c'est surtout aimer. Alors sans amour comment continuer de vivre ?

Tous les dix continuaient à grimper sur la falaise vers le lieu choisi par Jean pour que ses cendres soient jetées dans cette Méditerranée qui les ramènerait à la terre de ses ancêtres, son Espagne.

Il restait un grand chemin à parcourir. Isabelita épuisée, marchait quand même devant eux, tout en se traînant à petits pas.

« Elle a vieilli en quelques heures », murmura Lola à sa sœur Roxy.

Chapitre 10

La quatrième mort de Jean – derniers voyages

Miguel avait préféré ramener sa femme, fatiguée, à la voiture. Ils n'étaient plus que huit à grimper vaillamment vers cette falaise privilégiée d'où Jean avait demandé que ses cendres soient jetées. Marc, qui marchait à grands pas, distançait de temps en temps sa grand-mère. Celle-ci traînait, puis se reprenait et dirigeait à nouveau le cortège. C'était loin d'être une promenade facile. Le chemin caillouteux qui grimpait en constants lacets était étroit, recouvert de gravier et parfois de grosses pierres qu'il fallait enjamber. La mer semblait de plus en plus lointaine et le soleil de plus en plus accablant. Les filles avaient ôté leur veste et l'avait nouée autour de la taille ; leurs robes très décolletées leur permettraient ainsi de bronzer.

Toujours en tête du cortège, Isabelita avançait à petits pas. Dans l'émotion, elle avait oublié de changer de chaussures ; ses talons, par moments, la faisaient vaciller. Elle ralentissait puis reprenait sa marche.

« Il n'est que dix heures, dit-elle, nous arriverons à temps. Nous serons là-haut, sous les feux de midi. »

« Les feux de midi », l'expression était de Jean. Elle évoquait sans doute le ciel incandescent de son enfance en Espagne. Isabelita l'avait faite sienne.

« Les feux de midi », murmura-t-elle, en essayant de retrouver le son même de la voix disparue.

« Tu te souviens des parcours qu'il nous faisait faire ? dit Lola s'adressant à sa sœur. De la marche à l'excès, de la nage à outrance. Plus loin. Encore un effort. C'était son leitmotiv. Rien ne semblait le contenter. Il était infatigable. Il n'était jamais satisfait, dit-elle en bougonnant.

— Oh que oui, je m'en souviens, reprit doucement Roxy. On a bien fait de vite prendre la poudre d'escampette ! »

Mais sa voix s'était soudain affaiblie. Se sentait-elle coupable ? Avaient-elles, l'une comme l'autre, suffisamment montré à leur père combien elles l'aimaient ?

« Tu jetteras mes cendres du haut de notre falaise », se rappelait Isabelita.

Elle essayait maintenant de hâter la marche en se disant que, parvenus là-haut, ils prendraient tous un bon quart d'heure de repos. Ensuite la famille évoquerait Jean en échangeant quelques paroles. Elena se tairait, enfermée dans ses rancunes, pensait Isabelita, tandis que Janina hésiterait toujours et que Marc glorifierait son grand-père défunt.

Défunt, un mot qu'Isabelita se refusait de prononcer. En dépit des cendres, de ce pitoyable reliquat, de ce tas de poussière au fond du vase, son amour demeurait vivace, tonique, en chair et en os. Elle ferma les yeux. Maintenant Jean était là, devant elle. Il se redressait de toute sa taille de toute sa vigueur. Elle pouvait encore le toucher, le caresser. Il était là, Jean, debout, parmi les siens. Elle s'accrochait, s'agrippait à cette pensée, refusant l'inacceptable réalité.

Ses filles auraient souhaité une cérémonie religieuse. Mais leur mère, malgré sa ferveur catholique, avait décidé d'exécuter fidèlement la volonté de son époux.

« Tu voulais être réduit en cendres. Tu le seras. Puis ce tas de poussière rejoindra ta Méditerranée. Je ferai tout selon ta volonté. Ainsi soit-il. »

Tous les huit étaient parvenus à mi-chemin derrière Isabelita qui conduisait toujours la marche. Marc était attendri par l'amour d'Isabelita alors qu'Elena gardait son air sceptique. Quant à Janina, marchant du même pas que sa grand-mère, elle ne la quittait pas des yeux, prête à la soutenir à la moindre faiblesse. Ainsi naviguaient-ils tous entre tendresse et hostilité, animosité et affection.

Arrivée à mi-chemin, Isabelita demanda quelques minutes de repos. Le vent s'était levé. Le ciel s'éclaircissait. Des oiseaux cisaillaient le bleu intense du firmament.

Isabelita s'assit sur un rocher qui émergeait des broussailles. Elle ôta ses chaussures, se frictionna la plante des pieds. Marc s'était lentement approché d'elle.

« Puis-je t'aider, mamie ? »

Ses filles tentèrent de la débarrasser du vase en proposant de le porter tour à tour. Mais Isabelita s'y accrocha, hochant la tête d'une manière définitive, sans prononcer un seul mot. Elena recula de quelques pas en signe de désapprobation, tandis que l'autre petite-fille prit la main de sa grand-mère dans la sienne.

Le vent soufflait par rafales, se résorbait, reprenait de plus belle. Le sommet de la falaise paraissait à la fois proche et lointain.

« Quelle idée, murmura Lola, il aurait pu nous demander d'éparpiller ses cendres auprès d'un arbre, dans leur jardin.

— Il a toujours été comme ça, reprit sa sœur. Il fallait accomplir un exploit, coûte que coûte.

— C'est sans doute la dernière leçon qu'il voulait nous donner. »

Ces paroles chuchotées parvenaient, par moments, aux oreilles d'Isabelita avec les sautes du vent. Se retournant vers ses deux filles, elle leur dit d'un ton courroucé :

« Vous pouvez bien faire cela pour votre père. Il ne vous demandera plus jamais rien. Plus jamais ! »

De nouveau la voix d'Isabelita se brisa. Elle se retourna, se redressa, contrôla son émotion, et se remit en marche à la tête du petit groupe. Ému par ses remarques, Marc la rejoignit pour lui redire toute l'admiration qu'il éprouvait pour son grand-père. Se sentant revigorée par la proximité de Marc, Isabelita pressa le pas. La brise marine soufflait par à-coups. Elle respira à pleins poumons. Elle aurait voulu enlever ses encombrantes chaussures à talons, hâter encore sa marche en avançant pieds nus, sur ce sentier couvert de gravillons. Arriver là-haut les pieds ensanglantés serait l'ultime offrande d'amour à Jean. Durant quelques secondes, cette idée lui avait plu mais très vite elle y renonça en imaginant toute la troupe se mettant à rire et à plaisanter. Elle entendait aussi la voix de Jean, son rire moqueur et tendre :

« Ne sois pas ridicule, après ça il ne te restera plus qu'à te flageller ! Je sais que tu m'aimes, je le sais. Je n'ai pas besoin de preuves. »

Elle pressa le pas en dépit de ses talons. Avec Marc, qui la suivait comme son ombre, elle précéda le petit groupe d'une trentaine de mètres, se débrouillant pour faire de longues enjambées.

« Quelle idée, dit-elle en s'adressant à son mari, de finir en poussière. J'aurais pu au moins pendant vingt-quatre heures caresser ton visage et tes mains, poser ma bouche sur la tienne… Maintenant comment pourrai-je te reconnaître là-haut ? »

Soudain le vent capricieux céda la place à un soleil étouffant. Le chemin vers la falaise était long, poussiéreux. Vent et soleil bataillaient. La sueur coulait sur le front, les tempes, le cou d'Isabelita. Ses deux mains occupées par le vase d'étain serré contre sa poitrine, elle ne pouvait plus atteindre son mouchoir au fond de sa poche pour s'essuyer. Elle confia quelques instants le vase à Marc, se tamponna le visage, le cou et reprit l'urne.

Émue par les efforts d'Isabelita, Janina, qui tentait d'avancer sur ce maudit chemin, fit quelques pas dans sa direction pour l'aider, mais, sans doute bloquée par sa pudique infirmité mentale, elle retint son geste. Les regards de Hassan et Pierre se croisèrent. L'un et l'autre reprochaient en pensée à Jean de les mettre à l'épreuve, une fois de plus.

Le sommet de la falaise paraissait au bout du monde. Isabelita prit encore un temps de repos. S'asseyant sur un rocher elle poussa un long soupir, ôta pour quelques instants ses chaussures et déposa le vase à ses côtés. Écrasée par son chagrin, elle se sentit subitement vieille et se demanda si elle parviendrait à atteindre le haut de la falaise sans le secours de son mari. De nouveau elle ne put retenir ses larmes. Marc fit quelques pas dans sa direction, mais, par pudeur, s'arrêta. Les gendres aussi se retirèrent discrètement et firent signe à leurs épouses qui s'étaient éloignées de venir au secours de leur mère en pleurs. Elles se précipitèrent pour entourer Isabelita de leurs bras.

« Maman, ça devait bien arriver un jour…

— Pour moi, ce jour serait toujours arrivé trop tôt. Sans Jean je ne suis plus rien.

— À présent tu nous as. Tes petits-enfants t'entoureront eux aussi. Ils s'occuperont de toi. Nous ne t'abandonnerons jamais.»

Isabelita se tut. Elle ne voulait pas les offenser en leur disant que maintenant elle se foutait de tout. De tout le monde oui, de tout le monde. Même de sa famille. Elle s'en foutait. Elle se contenta de les remercier et de dire que pour rien au monde, elle n'accepterait de peser sur leurs existences. Puis elle se baissa, récupéra le vase d'étain, le serra une fois de plus contre sa poitrine et son ventre. Elle n'en éprouva une fois encore que le froid. Ni amour, ni chaleur, ni tendresse ne s'en dégageaient. Elle se sentit solitaire, dépourvue. Totalement dépourvue. Délaissée. Ne songeant plus qu'à se débarrasser de cet objet insolite et sans signification, elle appela Lola :

« Prends-le, ce vase. Il n'est plus là… Son vide est trop lourd. Je préfère mes souvenirs. »

Répondant au désarroi de sa mère, Lola saisit le vase à deux mains, se débrouillant pour le garder à distance de son propre corps. Elle non plus ne pouvait imaginer ce père, qui tenait tant de place dans leur vie, tassé dans ce minuscule et ridicule objet.

Sceptique et ne sachant ce qu'il fallait en penser, Elena suivait de loin ce transfert. Elle conservait un sentiment d'hostilité vis-à-vis de ce grand-père et de ses directives autoritaires. Malgré tous ses efforts elle n'arrivait pas à s'en débarrasser.

S'appuyant sur Roxy, Isabelita se redressa lentement, reprit la tête du petit groupe et poursuivit son ascension vers le sommet. Il fallait à tout prix atteindre le haut de la falaise « sous les feux de midi ».

« On y va », dit-elle à haute voix.

Puis, sur un ton sévère elle répéta pour elle-même : « On y va, on y va. »

En avançant elle tendait l'oreille pour entendre la rumeur de la mer. Elle se remémorait la vision azurée, ample, luisante, étoilée de points lumineux de leur Méditerranée.

« Un bleu incomparable », affirmait Jean.

Sa voix semblait surgir des entrailles d'Isabelita, se perdre dans sa cage thoracique, se débattre pour franchir le larynx, pour éclore sur sa bouche et naître enfin au bord de ses lèvres.

« Ce bleu d'entre les bleus, disait-il, ce bleu moucheté de lumière, ce bleu enluminé, chatoyant, moiré, colorié. Cette moisson de lueurs, cette magie de reflets… »

Elle se rappelait chaque mot de Jean, ils déferlaient l'un après l'autre brossant d'innombrables, d'inoubliables tableaux.

« Tu lis trop les poètes, Juanito. Tu finiras par te prendre pour l'un d'eux. »

Ils riaient, se taquinaient, tout en admirant la vaste et mouvante plaine marine, surplombée par la falaise qui avançait comme un éperon sur l'eau. *Souvenirs, souvenirs* ! Une vieille chanson américaine qui les faisait danser. Mais que faire maintenant de ce lot fané de « souvenirs, souvenirs » aux échos de disque enroué ? Face aux réalités si périssables de l'existence, bien que faibles, dilués et fragiles, ils continuaient de la cerner, de l'étreindre, de la faire espérer dans le vide. Mais il fallait bien se rendre à l'évidence. Le chemin de la vie était sans retour, à sens unique. Inutile de chercher à rattraper, à faire revivre ces moments définitivement disparus, volatilisés. Jean aurait dit que de plus ce sens unique n'est hélas pas unique et n'a pas de sens.

Isabelita hésita un moment comme si elle cherchait à retourner sur ses pas, à rejoindre son domicile devenu une tanière dans laquelle elle se terrerait jusqu'à la fin de ses jours. Elle se demandait une fois de plus pourquoi cette marche et cet éparpillement des cendres. Elle n'y croyait plus. Mais la voix irrépressible de Jean s'élevait de nouveau en elle. Elle l'entendait distinctement :

« Mes dernières volontés, tu as promis de les respecter. »

S'en voulant de ce moment de faiblesse, elle reprit sa marche et pressa le pas à la tête du cortège.

« Maman, moins vite. Tu vas t'essouffler. »

Elle haussa les épaules, ôta sa jaquette de coton, noua les manches autour de sa taille. La voix secrète de Jean la poussait en avant :

« Réagis. Ne te laisse pas aller. »

De partout lui parvenaient des échos de cette voix aimée, la forçant, maintenant comme jadis et souvent malgré elle, à se dépasser.

« Maman, plus lentement, on n'arrive pas à te suivre. »

Elle n'écoutait rien d'autre que la voix de Jean en elle. Existait-il encore quelque part malgré son corps disparu ? Les questions se pressaient dans sa tête, en la poussant en avant de la petite troupe. La voix se perpétuait, plus subtile, plus douce, plus tendre :

« Tu m'accompagnes, mon amour. Je suis avec toi. »

Presque au bout de la montée, Elena rechignait :

« C'est trop bête de nous forcer à faire cette ascension. Un pur caprice… »

Marc essayait de calmer sa cousine :

« Tu ne comprends pas. Pour lui, c'était vital, cette falaise et tout ce qu'elle représente. »

Elena haussait les épaules :

« Encore une leçon qu'il nous impose. »

Janina s'approcha, prit la main d'Elena pour l'entraîner :

« On sera bientôt arrivés, fais encore un petit effort. Pour elle, c'est tellement important ! »

Soudain la mer, dans toute son étendue, toute sa splendeur, leur sauta aux yeux. Aussi bleue qu'à chaque anniversaire de Jean, elle s'étirait largement au bas des falaises. Soufflant de plus en plus fort, le vent, agitant frénétiquement les buissons tout autour, s'était brutalement emparé de la colline et s'engouffrait sous la jupe d'Isabelita.

« Tu vois, maman, on t'avait dit de mettre un pantalon. »

Elle ne répondit pas que Jean la préférait en jupe. Dans un éclair, elle venait d'apercevoir à nouveau sa haute stature dressée tout au bord de la falaise. Lorsque ses filles adoptaient le pantalon, il ne disait rien, mais quand il arrivait à sa femme d'avoir la même tenue, elle devinait à son expression qu'il avait beaucoup moins de plaisir à la regarder.

« Pas de chance, dit l'un des gendres. Bien que le temps soit sec et ensoleillé, ce sacré vent fait perdre l'équilibre. Prenez mon bras, Isabelita. »

Elle ne se retourna pas, on entendit à peine ses mots troués par le vent.

« Non, non, non… Tout va bien, je me débrouille. »

Il fallait encore un bon quart d'heure avant d'arriver au lieu privilégié de son époux. Elle hâtait le pas. Un pas de plus en plus instable.

Le vent brouillait sa vue ; ses lunettes, retenues par un cordon, glissaient sans cesse. Elle finit par y renoncer. Là-haut elle s'acharnerait à trouver la place exacte où Jean se tenait pour contempler l'horizon. Les rafales fouettaient ses mollets, déstabilisaient sa marche. Mais rien, à présent, n'aurait raison d'elle. Isabelita se persuadait qu'une embellie s'installerait dès qu'elle aurait atteint l'endroit où, main dans la main, ils se tenaient tous les deux les yeux fixés sur le lointain. Jean entourait ses épaules de son bras, et la serrait contre lui. Une fois de plus, il lui glissait à l'oreille :

« Je t'aime. »

Une fois de plus.

« Je n'ai jamais aimé que toi. »

Une fois encore :

« Tu me crois ? »

Elle le croyait. Elle le croyait, sans hésitation.

Isabelita s'en voulait de n'avoir pas supporté plus longtemps la charge de l'urne. Puisque Jean l'avait voulu elle aurait dû parvenir à le faire. Et pourtant cet homme qui existait si intensément, pourquoi avait-il demandé cette réduction totale de son corps ?

On approchait de midi. Isabelita accéléra le pas. Bousculé par le vent, le ciel s'était éclairci. Les nuages étaient plus blancs. Les trouées de ciel bleu se renforçaient et peu à peu le soleil dominait la fin du parcours tandis que plus bas la mer s'agitait, déversant sa meute de vagues contre les rochers. La chevelure d'Isabelita, épaisse et noire, parsemée de rares cheveux gris, gonflée de vent, doublait de volume.

« Ses cheveux sont toujours aussi beaux, murmura Lola, mais tu as vu comme elle avance ? On dirait que notre père la pousse par les épaules.

— Il est toujours là », dit sa sœur au bord des larmes.

Il restait très peu de chemin à parcourir. Parvenue au sommet, Isabelita, à bout de souffle, retrouva l'endroit préféré de son mari.

« C'est ici », dit-elle.

Elle reconnut la rigueur du paysage, le cirque des rochers, les plantes séchées par le soleil à côté desquelles tous deux se tenaient ensemble, debout, main dans la main face au vent et à la mer. Son visage s'illumina puis se rembrunit. Elle lui en voulait encore de l'avoir privée de son corps, de ce corps tant aimé.

Elle imaginait mal le chemin du retour. Elle le vivrait mal. Elle se répétait encore et encore que Jean avait toujours été son unique appui. Elle ne se voyait pas vivre aidée par ses filles, ses gendres, même entourée par la tendresse de ses petits-enfants. À quoi tout cela servirait-il, et pourquoi faire ? Elle se surprit à se demander à nouveau comment se terminerait sa propre vie. Cette évasion que la Foi lui avait offerte si confortablement pendant des années ne lui disait plus rien. Une sortie dont elle se mit soudain à douter sérieusement. À se dire que son mari avait raison. Qu'il était d'une autre nature, puisqu'il s'était heurté à la vie sans perdre pied.

« Pas de vos balivernes d'après-vie, répétait Jean. Crois, si tu veux, pour moi tout cela n'est que fable sans aucun intérêt ! Si nous n'étions plus qu'une goutte dans l'océan primordial, une particule dans l'air, comment te retrouverais-je, comment te reconnaîtrais-je dans cette immensité, mon amour ? Quant à la résurrection de la chair, lequel de nos âges nous serait offert ? Avec quels souvenirs ? Comment imaginer tout cet après ? »

Fallait-il croire ? Ne pas croire ? Elle s'obstinait à penser, malgré ses théories, que Jean existait quelque part, mais sous quelle forme, à quel âge, en quel lieu ? Les questions la taraudaient toujours, l'épuisaient. Elle souhaita s'éteindre tout de suite, là, sur place. La voix de Jean s'éleva de nouveau au plus profond d'elle-même.

« Pas question de s'habiller en noir, ni toi, ni les filles. Pas de brassard non plus », avait-il recommandé sur son lit d'hôpital.

À la pointe de la falaise, le vent s'obstinait. Le ciel d'un bleu toujours aussi soutenu était strié par des bandes d'oiseaux.

Malgré la bourrasque qui cinglait corps et visages, Isabelita s'était avancée jusqu'au bord de la falaise d'où elle pouvait apercevoir la crique avec sa petite plage sablonneuse à présent désertée. Marc et les filles, inquiets de voir leur mère s'avancer dangereusement, la ramenèrent loin du bord.

« Avec le vent qu'il fait, tu risques de basculer, maman. »

Pendant un instant Isabelita se demanda si elle souhaitait que sa vie se prolonge ou s'achève vite, très vite. Elle regarda ses enfants avec tendresse et recula prudemment.

« Assieds-toi quelques minutes, dit Lola, le vent va se calmer. Nous ferons ensuite tout ce qu'il y a à faire. »

Isabelita s'assit sur un des rochers qui parsemaient la plate-forme. Le visage plongé dans ses mains, elle songea à l'avenir et se vit de plus en plus voûtée, de plus en plus dépendante, de plus en plus fragile… elle prit peur. Ce corps si vaillant, si courageux, durant combien de temps encore pouvait-elle compter sur lui ? Sa vue se troubla, avec ce vent qui continuait de souffler elle entendait à peine les paroles du groupe familial. Elle pensa soudain qu'elle pourrait devenir aveugle, qu'elle entendrait de plus en plus mal. Après tout, c'était peut-être Jean, lui, toujours si fier, qui avait volontairement choisi la bonne sortie.

Elle jeta un regard vers ses filles. Chacune s'était rapprochée de son époux. Elle eut mal en pensant à son Jean entourant ses épaules. Elle ne trouverait plus jamais le refuge dans ses bras. Elle prit douloureusement conscience qu'elle était séparée de lui, abandonnée à jamais…

Lola s'approcha et murmura à voix basse :

« Repose-toi, maman, Pierre ou Hassan s'occuperont des cendres.

— Des cendres… murmura sa mère d'une voix brisée.

— Tout sera accompli comme il le souhaitait, reprit Roxy. À midi précis, en ce lieu qu'il a lui-même choisi, il rejoindra sa Méditerranée. »

Soudain, Isabelita, qui avait réussi à maîtriser ses larmes durant longtemps, fut envahie de sanglots. Elle se courba en deux pour les étouffer. Rien n'y fit.

Marc prit ses tantes de côté :

« Comme elle l'aimait ! dit-il. Il faut faire quelque chose.

— Il faudrait que tu viennes habiter chez l'une d'entre nous. Dans l'état où tu te trouves on ne peut pas te laisser seule. Maman, tu habiteras quelque temps chez l'une d'entre nous. À toi de choisir », murmura Roxy.

Isabelita sursauta. Voilà qu'elles la prenaient en pitié. D'un coup elle essuya ses larmes. Jean aurait eu honte de la voir effondrée.

« Je dois rester chez moi, chez nous, répliqua-t-elle. C'est là que je le retrouverai ! »

Le vent noircissait graduellement la mer. Le ciel était resté parfaitement bleu. Pas un nuage.

« La mer s'assombrit tandis que le ciel sourit. C'est bien ce qu'aurait souhaité notre père », dit Lola.

Cette pensée plut à Isabelita et la consola pendant quelques secondes mais cela ne dura pas. Elle se sentait happée à nouveau par un gouffre intérieur qui avalait les splendeurs de ce bleu, rayait les souvenirs heureux, abolissait le sens des jours à venir.

« Poussière, je ne suis que poussière », lui répétait Jean durant les derniers jours de sa maladie.

Saisie d'une inquiétude profonde, elle se mit à trembler et se réfugia dans les bras de ses filles qui cherchaient à l'habituer graduellement à cette fin sans cérémonie.

« Jean, où te retrouverai-je ?

— Il est toujours là, maman. Son esprit nous accompagne.

— Qu'est-ce que l'esprit sans la chair ? dit-elle. L'esprit privé de ce corps aimé, ce corps si vif, tout en muscles malgré l'âge, ce corps incarné ? Quel sens a l'esprit privé de sa forme ? L'esprit absent de son corps, absent de sa chair ?

— Maman, la résurrection des corps est un dogme, dirent ses filles faiblement et sans conviction.

— De quel corps ? Ressuscité ? Cette idée me fait peur. Moi, je le voudrais comme il était avant.

— Je ne peux rien t'assurer, dit Lola, les textes ne sont pas très clairs là-dessus. Mais, crois-moi, tu le retrouveras, plus beau encore, auréolé d'une transparence divine. »

Ne voulant pas contrarier sa fille, elle se retint de lui dire qu'elle ne souhaitait aucune transparence, fût-elle divine. Jean lui plaisait tel qu'il était, vif, vivant. Planté dans sa chair. Elle s'était tellement habituée, d'année en année, à la permanence de Jean, malgré les changements d'enveloppe de son corps et du sien. Peu à peu, elle s'était attachée à ce corps vieillissant, à ce corps plus charnu et sans doute plus tendre. Elle s'y blottissait souvent, attentive aux palpitations de son « autre cœur ». Celui qu'elle entendait et qu'il lui disait battre pour elle dans sa poitrine.

Pierre fixait sa montre, attendant que les deux aiguilles se rejoignent pour annoncer midi. Les poussées de vent inquiétaient quelque peu les deux gendres. Se parlant à voix basse, ils avaient décidé d'aller jusqu'au bord de la falaise, de repérer un endroit stable où ni l'un ni l'autre ne risquerait de basculer. Chacun, tour à tour, porterait le vase d'étain et déverserait les cendres sur ces eaux méditerranéennes, de plus en plus noires, de plus en plus étincelantes, granulées de petites plaques de soleil.

« Pas un nuage au ciel, Jean aurait aimé un jour comme celui-ci », dit Pierre.

Pierre et Hassan éprouvaient vis-à-vis de leur beau-père des sentiments ambivalents : à la fois de l'admiration et un désir d'échapper à sa forte personnalité. Ils essayaient néanmoins de convaincre leurs épouses, parfois récalcitrantes, de ses indéniables qualités. Peine perdue. Elles supportaient mal son emprise sur leur mère et sur elles-mêmes. Satisfaites d'y avoir échappé, elles prenaient le contre-pied de chacun de ses choix.

« Il espérait sans doute qu'un jour vous finiriez par vous rallier à ses idées, mais il n'a jamais cherché à s'opposer à vos convictions, disait Pierre pour défendre son beau-père.

— Pour exister il fallait s'éloigner, disait Lola.

— Nous l'aimions quand même », concluait Roxy.

« Quelle heure est-il ? demanda Isabelita.

— C'est pour bientôt, mammy. Dans quelques minutes il sera midi. Pierre et Hassan, tour à tour, déverseront les cendres. Ainsi tout sera fait selon sa volonté. Ensuite, après quelques prières, nous rentrerons. Cette nuit, tu viendras dormir chez nous. »

Elle fit oui de la tête, ajouta :

« Une nuit seulement, une nuit.

— C'est comme tu voudras. Elena et Janina pourront rester avec toi durant quelques jours.

— On verra », dit-elle.

« Je surveille les aiguilles de la montre, dit Pierre. Ne vous inquiétez pas. »

Elle leur fit un petit signe affectueux de la main. Elle se sentait heureuse et privilégiée d'être si bien entourée. Jean avait souvent été trop sévère dans ses jugements à propos de ses gendres, pensa-t-elle. Il leur reprochait d'être trop indulgents, toujours prêts à accepter les caprices de leurs femmes.

« Ils sont en train de pourrir mes filles », maugréait-il.

Les aiguilles de la montre avançaient avec une lenteur extrême. Le cœur d'Isabelita se mit à galoper. Ces cendres, c'était tout ce qui lui restait de Jean. La pensée de devoir s'en séparer la chagrinait. Elle regretta qu'il ne lui ait pas permis de l'enterrer dans le cimetière familial. Elle aurait pu alors lui porter des fleurs et venir se recueillir longtemps sur sa tombe. Mais comment faire pour ne pas respecter ses volontés ? Elle en aurait porté le constant remords. La voix de Jean l'aurait poursuivie, cette voix qu'elle avait si longtemps pris l'habitude d'écouter. Car Jean était intraitable :

« Il ne faut pas peser sur ceux qui restent. Les bonnes relations de famille sont proportionnelles au carré de la distance.

— Tu veux dire inversement proportionnelles, daddy, lui avait rétorqué son petit-fils, Marc.

— Non. C'est bien *proportionnelles* que je veux dire. »

Marc n'avait pas insisté.

Les rafales de vent soufflaient avec intensité. Il y avait peu d'espoir d'accalmie. On était à une minute de midi.

« Midi dans une minute ! » cria Pierre.

Elena s'avançait en traînant. Elle supportait mal ce cérémonial qu'elle jugeait absurde. Prise entre l'élan du cœur et l'éternel besoin de toujours vouloir échapper à la domination de Jean, elle hésitait entre s'approcher et s'éloigner. Marc et Janina étaient déjà sur place. Isabelita, épuisée, les laissa faire. L'un puis l'autre des gendres se déplacèrent jusqu'à la petite plate-forme qu'ils avaient repérée. Tenant le vase serré entre ses mains, Pierre avançait pas à pas. Puis, il ouvrit l'urne, et tenta de déverser une cuillerée de cendres sur les flots. Obstinément, un vent contraire les lui renvoyait en pleine figure.

« Essaye, Hassan, dit-il, je n'y arrive pas. »

Hassan se saisit du vase à son tour, le résultat fut le même. On aurait dit que le vent cherchait à les maculer tour à tour. Ou bien que les cendres de Jean refusaient de disparaître.

Avec la volonté inflexible d'être fidèle au testament, Pierre et Hassan se passant le vase tentèrent encore et encore d'orienter les cendres dans la bonne direction. Leurs efforts furent vains. Isabelita suivait le manège. N'y tenant plus, galvanisée par sa promesse faite à Jean, elle ôta soudain ses chaussures et courut vers ses gendres. Arrachant des mains de Pierre le précieux récipient, elle s'en empara et, le serrant contre sa poitrine, elle se précipita jusqu'à l'extrême bord de la falaise. À l'arrière, Marc et Elena se disputaient une fois de plus. Assise sur un rocher, celle-ci jurait de ne pas faire un pas de plus.

« J'en ai assez de cette marche !

— Fais ce que tu veux, mais je te trouve minable ! » lui dit Marc.

Puis, apercevant le geste de sa grand-mère, il courut dans sa direction. Isabelita venait d'arracher le vase d'étain des mains de son gendre et se précipitait vers la falaise. Elle courait, elle courait, elle volait vers cette falaise. Dans le mouvement de cette course en avant, leur existence, à Jean et elle, ressurgissait dans sa mémoire par éclats et par bribes. La voix de Jean était présente, un mélange de grognements suivis de paroles d'amour. Des clichés de toutes sortes la traversaient. Essoufflée à cause du vent de plus en plus fort qui s'engouffrait dans son corsage et sous sa jupe, elle ne sentait plus le gravillon sous la plante de ses pieds nus. Tandis qu'elle courait comme une folle, elle revoyait, dans un défilé hallucinant, le spectacle de sa vie. Avançant, avec précipitation comme jadis quand elle allait, avec ivresse, à la rencontre de Jean, passé et présent s'entrelaçaient. Elle sentit ses bras qui la recevaient, elle entendit sa voix s'élevant parmi les rafales du vent :

« Je t'aime pour toujours. »

Les rires de leurs fillettes s'enchevêtraient à ce vent qui ne mollissait pas. Le film se déroula en projection rapide, Roxy et Lola avaient cinq et six ans, il les lançait l'une après l'autre au-dessus de sa tête pour les rattraper dans ses bras. La vie était joyeuse. Jean criait :

« Je suis heureux ! »

À bout de souffle, Isabelita venait d'atteindre l'extrême bord de la falaise. Le vase serré contre sa poitrine, elle hésita quelques secondes avant de déverser les cendres, son dernier lien avec Jean. Cloués sur place, à l'arrière, ses enfants l'entendaient hurler au vent qui rapportait des paroles difficilement déchiffrables. Certains d'entre eux diront plus tard qu'elle criait :

« Je jetterai tes cendres du haut de notre falaise. Pour toi, toi seul, je dois aller jusqu'au bout. Moi seule. Jusqu'au bout. »

Marc aurait même reconnu un des poèmes préférés de son grand-père :

Monte ! Et nais avec moi, frère !
Tu ne reviendras pas de l'épaisseur des pierres
Tu ne reviendras pas du temps souterrain. *

Effarées de cette course folle, Lola, Roxy et leurs époux demeuraient cloués sur place. La course éperdue d'Isabelita, son hésitation au sommet de la falaise défilèrent avec un ralenti intemporel, tragique.

---

* Pablo Neruda.

Que se passa-t-il ensuite ? Une partie friable du bord de la falaise céda sous son poids. Tous les sept, pétrifiés – Elena toujours obstinément assise sur son rocher –, assistèrent à un mouvement de bascule, suivi d'un chavirement, d'une chute. Puis d'une culbute dans le vide. Toujours agrippée au vase, Isabelita eut juste le temps de se dire :

« Jean de Dieu, si je te retrouve on saura qui, de toi ou de tes filles, avait raison. »

Le vase lui échappa des mains en parsemant la mer de cendres qui étincelaient et virevoltaient au soleil. La Méditerranée enveloppa Isabelita et rapidement l'engloutit.

Il n'y eut pas d'autres remous.

Remerciements

Anne Dubaquié

« À mon Anne tellement chère et depuis si longtemps… Non, depuis toujours et pour toujours et à laquelle je dois tant. »

Anne Craver

« À ma très chère Anne, si proche malgré la distance. Un très grand merci pour tout ce qu'elle ne cesse de me donner. »

Table

(Suite du même auteur)

Romans (anthologie de neuf romans), Flammarion, 1998.
Le Message, Flammarion, 2000.
Petite terre, vaste rêve (récit), Fayard, 2002.

NOUVELLES

L'Étroite Peau, Julliard, 1965 ; Flammarion, 1978, 1984.
Les Corps et le Temps, suivi de L'Étroite peau, Flammarion, 1978, 1992.
Derrière les visages, Flammarion (Castor-Poche), 1983.
Mondes, miroirs, magies, Flammarion, 1988, 1993.
À la mort, à la vie, Flammarion, 1992.
La Femme en rouge et autres nouvelles, J'ai Lu, 1994, 2000.
L'Artiste et autres nouvelles, Librio, 1999, 2003.

LIVRES POUR ENFANTS

Le Cœur et le Temps (poèmes pour enfants), L'École des loisirs, 1968.
Le Cœur et le Temps (fabliaux et comptines), L'École des loisirs, 1977.
Lubies, Guy Lévis Mano, 1962, L'École des loisirs, 1979.
Grandes oreilles, tout oreilles, Laffont, 1977.
Le Cœur suspendu, Casterman, 1981.
L'Étrange Mariée, Le Sorbier, 1983.
Grammaire en fête, Folle Avoine, 1984 ; Flammarion, 1993 ; Folle Avoine, 1998, 2003
Naître plus loin, Lo Païs, 1997.
Contre-recettes d'une sous-douée, Lo Païs, 1999.

POÉSIE

Textes pour une figure, Pré-aux-Clercs, 1949.
Textes pour un poème, Guy Lévis Mano, 1950.
Textes pour le vivant, Guy Lévis Mano, 1953.
Textes pour la terre aimée, Guy Lévis Mano, 1955.
Terre et poésie, Guy Lévis Mano, 1956.
Terre regardée, Guy Lévis Mano, 1957.
Seul le visage, Guy Lévis Mano, 1960.
Double-pays, Guy Lévis Mano, 1965.
Contre-chant, Flammarion, 1968.
Visage premier, Flammarion, 1971 ; seconde édition, 1977.
Fêtes et lubies, Flammarion, 1973.
Prendre corps, Guy Levis-Mano, 1973.
Voix multiples, Commune Mesure, 1974.
Fraternité de la parole, Flammarion, 1976.
Cérémonial de la violence, Flammarion, 1976.
Cavernes et soleils, Flammarion, 1979.
Épreuves du vivant, Flammarion, 1983.
Textes pour un poème (1949-1970), Flammarion, 1987.
Poèmes pour un texte (1970-1991), Flammarion, 1991.
Rencontrer l'inespéré, Paroles d'Aube, 1993.
Par-delà les mots, Flammarion, 1995, 1999.
Territoires du souffle, Flammarion, 1999.
Rythmes, Gallimard, 2003.
L'Étoffe de l'univers, Flammarion, 2010.

THÉÂTRE

Bérénice d'Égypte, Seuil, 1968.
Les Nombres, Seuil, 1968.
Le Personnage, L'Avant-scène, 1968.
Le Montreur, Seuil, 1969.

Le Dernier Candidat, L'Avant-scène, 1972.
Théâtre I (*Bérénice d'Égypte*, *Les Nombres*, *Le Montreur*), Flammarion, 1992.
Échec à la reine, Flammarion, 1984.
Théâtre II (Le Personnage, Échec à la reine), Flammarion, 1993.

ESSAIS

Le Liban, Seuil, 1969.
Guy Lévis Mano, Seghers, 1974, 1990.
Le cœur demeure (avec Louis Antoine Chedid), Stock, 1999.
Babel (avec Louis Antoine Chedid), Chabloz, 2004.

Mise en page par Meta-systems
Roubaix (59100)

CET OUVRAGE
A ÉTÉ ACHEVÉ D'IMPRIMER
SUR ROTO-PAGE
PAR L'IMPRIMERIE FLOCH
À MAYENNE EN JUIN 2010

N° d'édition : L.01ELJN000307.N001. N° d'impression : 76864
Dépôt légal : septembre 2010
(Imprimé en France)